dtv

KÄSTNER IM SCHNEE

Geschichten, Gedichte, Briefe von Erich Kästner

Herausgegeben von Sylvia List

Deutscher Taschenbuch Verlag

Von Erich Kästner
sind im Deutschen Taschenbuch Verlag erschienen:
Werke in neun Bänden (59066)
Kästners Werke für Erwachsene
liegen auch in diversen Einzelbänden
und Anthologien vor.

1. Auflage 2013
Deutscher Taschenbuch Verlag GmbH & Co. KG,
München

Umschlagkonzept: Balk & Brumshagen
Umschlagbild: Christoph Niemann
Satz: Greiner & Reichel, Köln
Druck und Bindung: Druckerei C.H. Beck, Nördlingen
Gedruckt auf säurefreiem, chlorfrei gebleichtem Papier
Printed in Germany · ISBN 978-3-423-14260-1

Inhalt

Vorbemerkung

… draußen schneite es still vor sich hin, und er liebte seit
seiner Kindheit das schwerelose weiße Zauberballett der Flocken,
als werde es von Anbeginn eigens für ihn getanzt.
Erich Kästner, *Der Zauberlehrling*

Erich Kästner liebte den Schnee und ganz besonders Schnee und Sonnenschein im Hochgebirge. »Ich wüsste weniges aufzuzählen, was schöner sein kann. (…) Wir waren im gefrorenen Paradies«, begeisterte er sich 1928 in der Skizze *In Halbschuhen auf die Jungfrau*. In den winterlichen Alpen fand er Erholung vom hektischen Alltag in Berlin und konnte, auch wenn er nebenbei schrieb, zur Ruhe kommen. Noch fast dreißig Jahre später heißt es in einem Brief an seinen Vater, »der winterliche Sonnenschein im Hochgebirge tut ja Wunder« – Nachklang seines sehnsüchtigen Stoßseufzers: »Die Schneeberge werden wieder ihr Wunder tun müssen«, kurz bevor er Anfang 1932, gesundheitlich angeschlagen und völlig überarbeitet, nach Kitzbühel aufbrach.

Aber selbst im Flachland genoss er den Schnee und auch unter eher widrigen Umständen, wie im Januar 1945 im zerbombten Berlin: »Ach, ist Schneeluft für das Herz gut! Wenn man langsam spaziert u. ruhig atmet! Die reinste Kurpromenade!«

Gleich Mintzlaff im *Zauberlehrling* durfte Kästner nicht Ski fahren. Die Rekrutenausbildung 1917 war eine üble Schinderei gewesen und hatte ihm – nachzulesen in dem Gedicht *Sergeant Waurich* – das Herz »versaut«. Seitdem konnte Kästner allenfalls noch Schlittschuh laufen. Skilanglauf wäre vielleicht möglich gewesen, war aber in jenen Jahren als Sportart noch nahezu unbekannt.

Was Kästner liebte, waren einsame Spaziergänge im Schnee und ausgiebige Sonnenbäder auf Berghöhen. Und weil ihm der Aufstieg oft zu beschwerlich und an den kurzen Wintertagen auch zu langwierig war, bevorzugte er zunehmend Gipfel, die er mit einer Bergbahn erreichen konnte. Ihm ging es im Wesentlichen um das »Obensein«.

Seit Mitte der zwanziger Jahre hatte ein wahrer Bauboom bei den Bergbahnen eingesetzt – Zahnradbahnen, Standseilbahnen, Seil-Schwebebahnen (»Gondelbahnen«) –, und also gondelte Kästner von Kitzbühel hinauf auf den Hahnenkamm, von Garmisch-Partenkirchen aufs Kreuzeck und den Wank oder nahm von Davos-Platz die alte Standseilbahn auf die Schatzalp, legte sich, oben angekommen, in einen Liegestuhl, ließ sich stundenlang in der Sonne braten und sah – wohl »nicht frei von Neid« – dem Treiben der Skifahrer zu.

Zeit seines Lebens war Kästner ein passionierter Zuschauer – in sozialen Konstellationen freundlich bis ironisch distanziert, beim Sport hingegen voll engagierten Interesses. Seine Berichte aus Oberstdorf, Kitzbühel und insbesondere aus Garmisch-Partenkirchen im vorolympischen Winter 1935 zeigen das deutlich, auch wenn er sich in den Briefen an seine Mutter nur stichwortartig äußert. Als wie vergnüglich und spannend er Eishockeyspiele erlebte, lässt sich in der Geschichte *Zwei Schüler sind verschwunden* erahnen, in der er seine *Klassenzimmer*-Helden Matz und Uli zur Winterolympiade schickt.

Kästner, nach Möglichkeit auf Komfort bedacht, wählte für seine Winterfrischen vorzugsweise ein »erstes Haus am Platz«, wie das Grandhotel Kitzbühel oder in Oberstdorf das Parkhotel Luitpold. In Davos dürfte er im Grandhotel Belvedere gewohnt haben. Dass er während der Deutschen Wintersportmeisterschaften 1935 in Garmisch nur ein Privatquartier fand, war eine Notlösung, die ihm aber im Nachhinein günstig erschienen sein mag. In den besseren Etablissements wäre er zweifellos allzu oft den Nazibonzen über den Weg gelaufen, und darauf legte er als verbotener, aber keineswegs unbekannter Autor gewiss keinen gesteigerten Wert. Im *Blauen Buch* erwähnt Kästner mehrfach, er habe auf dem Rückweg von Schloss Werdenfels Himmler »mit Heydrich usw.« im Hotel Sonnenbichl beim Fünfuhrtee angetroffen. Dem Ton der Notizen nach wohl eher eine Begegnung der unheimlichen Art.

Vom Garmischaufenthalt jedoch abgesehen, ging Kästner in die traditionsreichen großen Gebirgshotels. Allein im Grandhotel Kitzbühel wohnte er fünf Mal, das erste Mal wohl 1926, dann 1929, danach von 1931 bis 1933 jedes Jahr. Es diente ihm als Vorbild für das Grandhotel Bruckbeuren in *Drei Männer im Schnee* und war Schauplatz der Außenaufnahmen für den gleichnamigen Film. Kästner selbst dürfte im Lauf der Jahre dort alle Facetten des Umgangs mit Gästen erlebt haben, die er in seinem Roman schildert – die hochnäsige Verachtung des Personals für den armen Schlucker bzw. denjenigen, der die gesellschaftlichen Spielregeln nicht kennt (Thema der Geschichte *Brief aus dem Winter*), die freundliche Zuvorkommenheit im Umgang mit dem zahlungskräftigen Stammgast, die distanzierte Professionalität gegenüber demjenigen Teil des Publikums, mit dem auch Kästner seine größten Probleme hatte, nämlich den »ganz besonders feinen Damen« und deren Begleitern.

Diese Kategorie von Gästen, insbesondere die weiblichen, betrachtete Kästner mit einer Mischung aus fassungslosem Befremden und verärgertem Amüsement, bisweilen sogar mit Abscheu. Ihre Oberflächlichkeit und ihr gesellschaftliches Getue gingen ihm auf die Nerven und sind immer wiederkehrende Themen in *Drei Männer im Schnee* und dem *Zauberlehrling,* aber auch in Gedichten wie *Vornehme Leute, 1200 Meter hoch* oder der Geschichte *Menschen im Gebirgshotel.*

»Ich kann diese Frauen nicht leiden«, lässt er im *Zauberlehrling* Baron Lamotte alias Zeus über eine Engländerin sagen. »Dafür, dass sie keinen Funken Gefühl im Leibe haben, kann man sie vielleicht nicht verantwortlich machen. Doch dass sie sogar noch stolz darauf sind und ihre kalte Lebensgier staunend bewundern, statt sich ihrer ein wenig zu schämen, erbost mich stets von neuem.«

Literarisch ergiebig waren auch die häufigen Kostümbälle – Kästners Winterurlaube fielen ja regelmäßig in die Faschingsmonate. Besonders beliebt scheinen Feste gewesen zu sein, die sich »Lumpenball« oder »Apachenball« nannten. Doch auch da hatte man die Sprach- und Spielregeln zu kennen. Wehe, man nahm die Kleidervorschriften allzu wörtlich, wie etwa Eduard Schulze alias Geheimrat Tobler in *Drei Männer im Schnee* oder wie *Der letzte Mohikaner,* der sich mit seinem Indianerschmuck auf dem Apachenball ganz entsetzlich blamiert, weil er nicht weiß, dass mit »Apachen« Ganoven der Pariser Halb- und Unterwelt gemeint sind.

Kästner selbst verkleidete sich nie, er erschien auf diesen Bällen nie anders als in Frack oder Smoking und begnügte sich wieder einmal – nach seinen Worten jedenfalls – mit dem Zuschauen.

Bei allen Übereinstimmungen von Kästners Leben und Werk sollte man aber die Unterschiede nicht übersehen. Kästner setzt Erlebtes literarisch nie eins zu eins um. Er weiß sehr genau um die formalen, dramaturgischen und vor allem sprachlichen Erfordernisse literarischen Schreibens. Welch ein himmelweiter Unterschied zwischen dem stichwortartigen Telegrammstil, in dem er sich seiner Mutter mitteilt, und der Sprache seiner Prosa und Gedichte. Hier der bisweilen fast flapsige legere Umgangston, ein lockeres, ungezwungenes Stakkato, in dem vieles ungesagt mitschwingen kann, weil Mutter und Sohn Kästner sich durch und durch kennen und in dauernder und vertrauensvoller Verbindung stehen – dort der Autor, der sich seiner sprachlichen und stilistischen Mittel sehr bewusst und sicher ist und sie gezielt einsetzt.

Seit Kästners Tagen hat sich im Wintersport vieles gewandelt, den massenhaften Andrang gab es noch nicht, in den Grandhotels ging es geruhsamer zu. Doch die Glücksgefühle beim Anblick des schneebedeckten, in der Sonne schimmernden Hochgebirges sind dieselben geblieben.

München, im Frühjahr 2009 — Sylvia List

Schlittschuhlaufen und Schneeballschlacht

Schlittschuh kaufen – Schlittschuh laufen!

Es ist kalt. Gefroren hat's.
Sieben Grad! Die Ohren brennen.
Bollensängers Trockenplatz
ist nicht wiederzuerkennen.
Statt der Hemden auf der Leine
sieht man Beine.
Statt der Wäsche, bunt und weiß,
sieht man Eis.
Bollensängers schippen Schnee.
Alles andre fährt im Kreise.
Fünfzig Pfennige Entree.
Kinder halbe Preise!

Schlittschuhkufen sind so schmal!
Und das Eis ist hart wie Stahl!
Seien wir doch ehrlich:
Schlittschuhlaufen ist, wenn man
gar nicht Schlittschuhlaufen kann,
nicht ganz ungefährlich!
Beispielsweise: Man fährt Bogen.
Doch die Bogenfahrt misslingt.
Während man ein Beinchen schwingt,
wird das zweite weggezogen!
Und man setzt sich, voller Schwung,
auf die – Rückversicherung,
dass man denkt, das Eis zerbricht!
Doch das Eis, das Eis hält dicht.
Was man denkt, es war zerbrochen
– sind die Knochen.
Man erhebt sich, lächelt heiter,
und fährt weiter.

Schlittschuhlaufen ist, im Ernst,
etwas, was du später
niemals gründlich lernst.
Drum, ihr Herren Väter:
Treibt mit euren Kindern diesen Sport!
Lasst sie Schlittschuh laufen!
Deshalb müsst ihr ihnen auch sofort
Schlittschuh kaufen!

Bollensängers haben heute
Eiskonzert mit Tsching und Bumm.
Drei musikerfahrne Leute
sitzen auf dem Podium.
Es trompetet und es kracht, dass das Herz im Leibe lacht.
Wenn dann der Dreivierteltakt
jeden Schlittschuh einzeln packt,
ist das Eis zu guter Letzt
dicht »besetzt«.
Fräulein Paula, zum Exempel,
die noch eben mit Herrn Hempel
»englisch Übersetzen« trieb,
setzt sich mächtig aufs Parkett.
Zwar – es ist ihr gar nicht lieb,
aber Hempel findet's nett.
Er bemüht sich um die Kleine,
er fasst zu (und zwar beherzt),
und er hilft ihr auf die Beine
und erkundigt sich, ob's schmerzt …
Nirgendwo kommt man sich eher
als beim Schlittschuhlaufen näher!

Eiskunstfahrer Wendemann
zeigt, wie gut er fahren kann.
Pirouetten, Löwensprünge,
Tänze und noch tollre Dinge
führt er vor; und alle Welt
wundert sich, dass er nicht fällt.

Manchmal sieht es fast so aus!
Doch der Herr ist hier zu Haus. –
Fritz und Franz, zwei kleine Knaben,
die ihn auch bewundert haben,
üben Dreien, Sechsen, Achten …
Doch die Eiskunstfahrerei
ist viel schwerer, als sie dachten.
Fritz fällt mehrfach hin dabei.
Eis ist härter als ein Schädel,
und der Fritz ist zwar kein Mädel,
wie es scheint –
doch er steht bei Franz und weint.

Christel sieht man fernerhin.
Und die Großmama dazu.
Diese führt die Enkelin.
Hoffentlich fällt niemand hin!
Christel ruiniert die Schuh,
klettert wackelnd Schritt für Schritt.
Und die Alte wackelt mit.
Und sie weiß auch einen Grund:
Schlittschuhfahren ist gesund!

Es macht Spaß. Und Appetit,
wie man sieht.
Denn der Eissport fordert Kräfte.
Würstelmaxe macht Geschäfte.

Wer noch ein paar Groschen hat,
isst sich schnell bei Maxen satt.
Blechmusik und heiße Wiener!
Würstelmax als Großverdiener!
Auch der Kavalier will kaufen,
weil das Fräulein Hunger hat!
Hier geht wirklich alles glatt.
Achtung, Kurve! Schlittschuhlaufen!

Das fliegende Klassenzimmer

Morgen früh fahren wir nun nach Badgastein. Und ich werde, während ich das Drehbuch vom »Fliegenden Klassenzimmer« schreibe, viel an Dresden denken. Ans Fletcher'sche Seminar. An den Alaunplatz im Winter. An den Bischofsweg. An die Priesnitz. An Direktor Jobst. An Kandidat Hoffmann. An die Turnhalle. An die Seminarfeier, wo ich als Mädchen mit Zöpfen erschien und mich niemand erkannte.

An Emil Kästner, München, 23. 12. 1953

Im Internat

Draußen schneite es. Weihnachten lag in der Luft. Man konnte es schon förmlich riechen ... Die meisten Schüler liefen in den Park hinaus, beschossen sich mit Schneebällen oder rüttelten, wenn jemand gedankenvoll des Wegs kam, mit aller Kraft an den Bäumen, dass der Schnee schwer aus den Zweigen prasselte. Hundertfältiges Gelächter erfüllte den Garten. Einige Oberklassianer schritten würdig, Zigaretten rauchend und mit hochgeklapptem Mantelkragen, zum Olymp hinauf. (Olymp, so hieß seit Jahrzehnten ein entlegener geheimnisreicher Hügel, den nur die Primaner betreten durften und der, einem Gerücht nach, mit alten germanischen Opfersteinen ausgestattet war, an denen, alljährlich vor Ostern, gespenstige Aufnahmefeierlichkeiten vorgenommen wurden. Brrr!)

Andere Schüler blieben im Schulgebäude, stiegen zu den Wohnzimmern hinauf, um zu lesen, Briefe zu schreiben, ein Mittagsschläfchen zu halten oder zu arbeiten. Aus den Klavierzimmern erscholl laute Musik.

Auf dem Turnplatz, der vor einer Woche vom Hausmeister in eine Eisbahn verwandelt worden war, lief man Schlittschuh. Dann gab es plötzlich eine haarige Prügelei. Die Eishockeymannschaft wollte trainieren. Aber die Schlittschuhläufer wollten nicht von der Bahn herunter. Ein paar Sextaner und Quintaner mussten, mit Schneeschippen und Besen bewaffnet, das Eis säubern, froren an den Fingern und schnitten wütende Gesichter.

Zweikampf und Schneeballschlacht

Auf der einen Seite des Bauplatzes standen die Gymnasiasten, auf der anderen die Realschüler. Sie maßen einander mit bösen Blicken. In der Platzmitte fand die förmliche Begegnung der beiden Anführer statt. Sebastian, der Unterhändler, begleitete Egerland. »Unsre Gegner sind mit dem Vorschlag einverstanden«, sagte er zu Martin. »Der Zweikampf wird also stattfinden. Sie stellen den Heinrich Wawerka als ihren Vertreter auf.«

»Für uns wird Matthias Selbmann antreten«, erklärte Martin. »Das Turnier soll, schlägt er vor, entschieden sein, wenn einer von beiden aus dem Kampfring flüchtet oder verteidigungsunfähig geworden ist.«

Egerland sah zu Wawerka hinüber, einem großen, stämmigen Burschen. Wawerka nickte finster, und Egerland sagte: »Wir nehmen die Kampfbedingungen an.«

»Wenn unser Vertreter siegt«, erklärte Sebastian, »liefert ihr uns bedingungslos den Gefangenen und die Hefte aus. Wenn Wawerka gewinnt, könnt ihr sie behalten.«

»Und dann schreibt ihr den Entschuldigungsbrief?«, fragte Egerland spöttisch.

»Auf alle Fälle wird dann neu verhandelt«, sagte Martin. »Schlimmstenfalls schreiben wir sogar den Brief. Zunächst findet aber das Duell statt.«

»Ich ersuche die Anführer, zu ihren Leuten zurückzukehren!«, rief Sebastian.

Nun lag der Platz zwischen den feindlichen Heerhaufen leer. Links löste sich Wawerka aus den Reihen der Realschüler. Von rechts näherte sich Matthias.

»Ahoi!«, schrien die Realisten.

»Eisern!«, brüllten die Gymnastiker.

Und jetzt standen die zwei Kämpfer einander lauernd gegenüber.

Es war still geworden. Man wartete auf die Eröffnung der Feindseligkeiten. Keiner der beiden schien anfangen zu wollen.

Da bückte sich Wawerka blitzschnell und zerrte dem Gegner die Füße vom Boden fort. Matthias fiel rücklings und der Länge nach in den Schnee. Der andre warf sich über ihn und prügelte drauflos.

Die Realschüler jaulten vor Begeisterung. Die Gymnasiasten waren erschrocken; und Uli, der vor Kälte und Aufregung klapperte, sagte fortwährend leise vor sich hin: »Matz, sei, bitte, recht vorsichtig! Matz, sei ja recht vorsichtig! Mätzchen, sieh dich doch vor!«

Plötzlich kriegte Matthias den rechten Arm von Wawerka zu packen und drehte ihn langsam und unerbittlich herum. Wawerka fluchte wie ein Kutscher. Das half aber nichts. Er musste nachgeben und rollte zur Seite. Nun packte Matthias Wawerkas Kopf und drückte den Gegner mit dem Gesicht tief in den Schnee hinein. Der Realschüler zappelte mit den Beinen. Die Luft wurde ihm knapp.

Matthias ließ ihn überraschend frei, sprang drei Schritte zurück und erwartete den nächsten Angriff. Sein linkes Auge war geschwollen. Wawerka stand ächzend auf, spuckte ein halbes Pfund Schnee aus und stürmte zornig auf Matthias los. Der aber unterlief ihn, und der Realschüler flog im Hechtsprung über ihn weg. Wieder in den Schnee hinein! Die Gymnasiasten lachten und rieben sich die Hände. Matthias drehte sich zu seinen Freunden um und rief: »Jetzt fang ich überhaupt erst an!«

Wawerka stand auf, ballte die Fäuste und wartete. Matthias kam näher, holte aus und schlug zu. Der andere keilte zurück. Matz schlug wieder. So prügelten sie sich ein Weilchen, ohne ersichtliche Vorteile für den einen oder den andern. Da bückte sich Matthias. Wawerka senkte die Fäuste, um den Körper zu schützen. Matz aber schnellte hoch, schlug zu und traf den Realschüler am ungedeckten Kinn.

Wawerka taumelte, drehte sich betrunken im Kreise und kriegte die Arme nicht mehr hoch. Er war völlig benommen.

»Los, Matz!«, schrie Sebastian hinüber. »Mach ihn fertig!«

»Nein«, rief Matthias. »Er soll sich erst noch einmal erholen.«

Wawerka bückte sich mühsam und stopfte sich eine Portion Schnee in den Rockkragen. Das brachte ihn wieder zu sich. Er hob die Fäuste von neuem und rannte auf Matthias los. Der sprang zur Seite. Und Wawerka sauste an ihm vorbei. Die Realschüler brüllten »Ahoi!« Wawerka blieb stehen, drehte sich um, wie ein Stier in der Arena, und knurrte: »Komm ran, du Lausejunge!«

»Moment«, sagte Matthias. Er schritt näher und hielt dem andern eine Faust unter die Nase. Wawerka schlug voller Wut zu. So wurde sein Gesicht wieder frei, und schon erhielt er ein derartiges Ding hinters Ohr, dass er sich hinsetzte. Er kam wieder hoch, schlingerte auf Matthias zu und wurde mit ein paar knallenden Ohrfeigen abgefangen. Sie waren gar nicht mehr nötig. Er war vollkommen erledigt. Matthias packte den Wehrlosen bei den Schultern, drehte ihn um und gab ihm einen Tritt. Wie eine aufgezogene Laufpuppe stolperte Heinrich Wawerka aus dem Kampfring, mitten in die sprachlose Gruppe der Realschüler hinein. Wenn sie ihn nicht aufgehalten hätten, wäre er weitergetorkelt.

Matthias wurde begeistert empfangen. Alle schüttelten ihm die Hand. Uli strahlte übers ganze Gesicht. »Und eine Angst hab ich deinetwegen ausgestanden!«, sagte er. »Tut das Auge sehr weh?«

»Keine Bohne«, brummte der Sieger gerührt. »Hast du übrigens meine letzte Semmel aufgehoben?« Der Kleine gab ihm die Tüte, und Matthias kaute wieder einmal.

»Nun wollen wir rasch den Kreuzkamm herausholen!«, rief das Fässchen.

Es kam anders. Egerland erschien, machte ein verlegenes Gesicht und sagte: »Es tut mir furchtbar leid. Meine Leute wollen euch den Gefangenen nicht ausliefern.«

»Aber das ist ja unmöglich«, meinte Martin. »Wir haben es doch vorher ganz genau besprochen! Ihr könnt doch nicht einfach euer Wort brechen!«

»Ich bin ganz deiner Ansicht«, entgegnete Egerland niedergeschlagen. »Doch sie verweigern mir den Gehorsam. Ich kann nichts dagegen machen.« (…)

»Es ist gut«, sagte Martin. Sein Gesicht war ernst und blass. »Du bist ein feiner Kerl. Gehe zu deinen Leuten zurück und teile ihnen mit, dass wir sie in zwei Minuten angreifen werden. Das wird übrigens der letzte Kampf zwischen uns und euch sein. Mit Wortbrüchigen kämpfen wir nicht mehr. Wir verachten sie nur.«

Egerland verbeugte sich stumm und lief fort.

Martin versammelte hastig die Jungen um sich und sagte leise: »Jetzt passt mal gut auf! In zwei Minuten beginnt ihr eine Schneeballschlacht mit allem Komfort. Die Leitung übernimmt Sebastian. Denn Matthias, Johnny Trotz und ich haben einen kleinen Ausflug vor. Wehe, wenn ihr die Schlacht gewinnt, bevor wir zurück sind! Ihr habt die Aufgabe, die Realschüler hier festzuhalten! Ihr dürft sogar ein bisschen zurückweichen. Damit sie euch verfolgen.«

Buchumschlag von Walter Trier, 1933

»Das ist mir zu hoch«, meinte das Fässchen, bückte sich und buk Schneebälle.

»Ein ausgezeichneter Plan«, sagte Sebastian voller Anerkennung. »Verlass dich ganz auf mich. Ich werde hier das Ding schon schaukeln.« (…)

Vor dem Baugelände ließ Martin halten. »Johnny«, sagte er, »du rennst zu unseren Leuten und rufst dem Sebastian zu: ›Jetzt dürft ihr siegen!‹ Ist das klar? Ihr geht also sofort zum Angriff über. Sobald ihr im Handgemenge seid, fallen Matthias und ich dem Gesindel in den Rücken. Ab!«

Johnny lief, als gelte es das Leben.

Matz und Martin spähten durch einen Spalt des Bauzauns. Sebastian und die anderen hatten sich in die Ecke drängen lassen. Es hagelte Schneebälle. Die Realschüler schrien »Ahoi!« und fühlten sich bereits als Sieger.

»Kannst du Uli entdecken?«, fragte Matthias.

»Ich seh ihn nicht«, sagte Martin. »Achtung, Matz! Über den Zaun!« Sie kletterten hinüber und kamen auf die Sekunde zurecht. Sebastian machte seine Sache gut. Völlig überraschend stießen die Gymnasiasten vorwärts. Die Realschüler wichen vor dem Anprall zurück.

Matthias und Martin rannten über den Platz und schlugen auf den Rücken der weichenden Realschüler los. Manche blieben vor Schreck im Schnee liegen.

»Eisern!«, so hallte es von allen Seiten. Wo Matz auftauchte, rissen die Feinde aus. Sie flohen einzeln. Sie flohen in Scharen.

Nur Egerland hielt stand. Er blutete; er zog ein finster entschlossenes Gesicht und sah aus wie ein verlassener, unglückseliger König. Das Fässchen rannte auf ihn los.

Aber Martin stellte sich vor den feindlichen Anführer und rief: »Wir bewilligen ihm freien Abzug. Er allein war anständig und tapfer bis zuletzt.«

Egerland drehte sich um und verließ, geschlagen und einsam, das Schlachtfeld.

Uli springt

Uli hatte sich, ohne dass die anderen es gemerkt hatten, aus der Turnhalle gestohlen. Er fürchtete, dass sie ihn an seinem Vorhaben hindern könnten. Und das durfte nicht geschehen.

Über fünfzig Jungen standen neugierig auf der verschneiten Eisbahn und erwarteten ihn. Es waren lauter Unterklassianer. Den Älteren hatte man nichts erzählt. Die Jungen hatten gleich das Gefühl gehabt, dass etwas Außergewöhnliches und Verbotenes bevorstehe. Sie hatten die Hände in den Manteltaschen und äußerten Vermutungen. »Vielleicht kommt er überhaupt nicht«, sagte einer.

Aber da kam Uli schon. Er ging wortlos an ihnen vorüber und schritt auf die Kletterstangen zu, die am Rande des Platzes standen. »Wozu hat er eigentlich einen Schirm mit?«, fragte jemand. Aber die anderen machten »Pst!«.

Neben den Kletterstangen erhob sich eine hohe Leiter. Eine der üblichen Turnleitern, wie sie in allen Schulen zu finden sind. Uli trat an die Leiter heran und kletterte die eiskalten Sprossen hinauf. Auf der vorletzten Sprosse machte er halt, drehte sich um und blickte zu der großen Jungensmenge hinunter. Er schwankte ein bisschen, als ob ihm schwindle. Dann riss er sich zusammen und sagte laut: »Die Sache ist die. Ich werde jetzt den Schirm aufspannen und einen Fallschirmabsprung machen. Tretet weit zurück, damit ich niemandem auf den Kopf fliege!«

Einige Jungen meinten, Uli sei komplett verrückt. Aber die meisten drängten stumm rückwärts und konnten das angekündigte aufregende Schauspiel nicht erwarten.

Die vier Tertianer, die in der Turnhalle arbeiteten, hatten die Bühnenbilder und den Barren für heute endgültig in die Ecke geschoben. Sebastian schimpfte auf Professor Kreuzkamm, weil dieser ihn den Satz »über die Schuld am Unfug« fünfzigmal aufschreiben ließe. »Und so was einen Tag vor der Weihnachtsfeier!«, meinte er gekränkt. »Der Mann hat kein Herz.«

»Du doch auch nicht«, sagte Johnny.

Da drehte sich Matthias suchend um und fragte: »Wo ist denn eigentlich der Kleine? Er ist weg!«

Johnny sah auf die Uhr. »Es ist kurz nach drei«, sagte er. »Uli hatte doch um drei Uhr irgend etwas vor.«

»Freilich«, rief Martin. »Auf dem Turnplatz draußen! Da bin ich aber neugierig.«

Sie verließen die Halle und liefen zu dem Platz hinüber. Sie bogen um die Ecke und blieben wie angewurzelt stehen. Der Platz war voller Schüler. Und alle schauten zu der hohen Turnleiter hinauf, auf der Uli mühsam balancierte. Den aufgespannten Regenschirm hielt er hoch über sich.

Martin flüsterte: »Um Gottes willen! Er will herunterspringen!« Und schon rannte er über den Platz, und die anderen drei folgten ihm. Der Turnplatz war, trotz des Schnees, höllisch glatt. Johnny fiel hin.

»Uli!«, schrie Matthias. »Tu's nicht!«

Doch in diesem Augenblick sprang Uli ab. Der Schirm stülpte sich sofort um. Und Uli sauste auf die verschneite Eisfläche hinab. Er schlug dumpf auf und blieb liegen.

Die Menge rannte schreiend auseinander. Im nächsten Augenblick waren die vier Freunde bei dem Verunglückten. Uli lag leichenblass und besinnungslos im Schnee. Matthias kniete neben Uli und streichelte ihn in einem fort.

Dann rannte Johnny ins Haus, um die Krankenschwester des Internats zu holen. Und Martin lief zum Zaun, kletterte hinüber und alarmierte den Nichtraucher. Der war ja Arzt. Er mußte helfen. Und der Justus war auch noch bei ihm.

Matthias schüttelte den Kopf. »Mein Kleiner«, sagte er zu dem Ohnmächtigen. »Und da behaupten sie immer, dass du keinen Mut hättest!« Und dann weinte der zukünftige Boxweltmeister große Kindertränen. Die meisten tropften in den Schnee. Und ein paar fielen auf Ulis totenblasses Gesicht.

Matthias, Martin, Johnny und Sebastian standen schweigend am Fenster des Vorsaals, der zur Krankenstube des Internats führte. Sie durften nicht hinein. Sie wussten noch nicht, was mit Uli los war. Der Nichtraucher und der Justus, die Krankenschwester und Herr Direktor Grünkern waren im Zimmer. Der Schularzt, der alte Sanitätsrat Hartwig, war auch gekommen.

Schließlich sagte Martin: »Es wird schon nichts Schlimmes sein, Mätzchen!«

»Bestimmt nicht«, meinte Johnny.

»Ich habe ihm den Puls gefühlt, und der ging ganz normal«, erzählte Sebastian. Er erzählte es übrigens zum dritten Male. »Er hat sicher nur das rechte Bein gebrochen.«

Dann schwiegen sie wieder und starrten zu dem Fenster hinaus, auf den weißen Park hinunter. Aber sie sahen nichts. Ihre trüben Gedanken verdunkelten ihnen den Blick. Dieses Warten dauerte ja eine Ewigkeit!

Da öffnete sich leise die Tür. Der Justus trat heraus und kam eilig auf sie zu. »Es ist nicht sehr schlimm«, sagte er. »Der Beinbruch ist unkompliziert. Und außerdem hat er leichte Quetschungen am Brustkorb. Gehirnerschütterung war nicht festzustellen. Also Kopf hoch, Jungens!«

Die Freunde atmeten auf. Matz presste das Gesicht an die Fensterscheibe. Seine Schultern zuckten. Der Justus sah aus, als wolle er den großen Bengel streicheln. Er traute sich aber nicht recht. »In vier Wochen ist er wieder gesund«, meinte Doktor Bökh. »Und jetzt will ich rasch den Eltern telefonieren, dass der Junge über Weihnachten hierbleiben muß.«

Unterwegs in die Alpen

Ein Baum lässt grüßen

Man reist von einer Stadt zur andern Stadt.
Vier Schinkenbrote hat man schon gegessen.
Der Zug fährt gut. Die Fahrt geht glatt.
Man rechnet aus, ob man Verspätung hat,
und fühlt sich frei von höhern Interessen.

Man blickt durchs Fenster. Gänzlich ohne Zweck.
Man könnte ebenso die Augen schließen.
Dann schielt man nach dem Handgepäck.
Am Zug tanzt Schnee vorbei. Ein Dorf im Dreck.
Und Rhomboide. Doch das sind sonst Wiesen.

Man gähnt. Und ist zu faul, die Hand zu nehmen.
Man überlegt schon, ob man müde ist …
Die Dame rechts soll sich was schämen!
Wenn ihre Hüften bloß nicht näher kämen!
Wie schnell der Mensch das Müdesein vergisst.

Man überlegt sich, ob man ihr entweiche.
Sie lehnt sich an. Und tut, als wär's im Traum.
Da sieht man draußen plötzlich eine Eiche!
Es kann auch Ahorn sein. Das ist das Gleiche.
Denn eins steht fest: Es ist ein Baum!

Und da entsinnt man sich. Und ist entsetzt:
Seit zwanzig Jahren sah man keine Felder!
Das heißt, man sah sie wohl. Doch nicht wie jetzt!
Wann sah man denn ein Blumenbeet zuletzt?
Und wann zum letzten Male Birkenwälder?

Man hat vergessen, dass es Gärten gibt.
Und kleine Vögel drin, die abends flöten.
Und blaue Veilchen, die die Mutter liebt …
Und während sich die Dame näher schiebt,
greift man gefasst zu weitren Schinkenbröten.

Meyer IX. im Schnee

Der Schnee hängt wie kandiertes Obst im Wald.
Es war ganz gut, dass ich gleich gestern fuhr.
Den Bäumen sind vielleicht die Füße kalt …
Doch was weiß unsereins von der Natur.

Der Schnee, das könnte klarer Zucker sein.
Als Kind hat man oft Ähnliches geglaubt.
Wieso fällt mir das heute wieder ein
und weshalb überhaupt?

Vorher sind Wolken da. Und nachher schneit's.
Wie aber kommt der Schnee denn erst hinauf?
Die Welt ist, wie gesagt, von großem Reiz.
Man passt nur gar nicht auf.

Die kleinen Flocken tanzen ein Ballett,
und viele große Berge sehen zu.
Das schneit und schneit! Die Erde liegt zu Bett.
Und kaltes Wasser hab ich auch im Schuh.

Wenn man so ganz allein im Walde steht.
begreift man nur sehr schwer,
wozu man in Büros und Kinos geht.
Und plötzlich will man alles das nicht mehr!

Ich las, es soll die ganze Woche schnein.
Für einen Menschen, der auf sich was hält,
ist es nicht leicht, im Schnee allein zu sein.
Da wackelt, eh er's denkt, die ganze Welt.

Na ja, schon gut. Dort fließt ja auch ein Bach
und tut, als gäb es weiter nichts als ihn.
Es ist so furchtbar still. Mir fehlt der Krach.
Die ersten Nächte lieg ich sicher wach
und möchte nach Berlin.

In Halbschuhen auf die Jungfrau

Es gibt Menschen, die der Ansicht sind, im Urlaub müsse man Schuhe anziehen, die mehr wiegen als der ganze übrige Kerl. Und weil Nagelschuhe verpflichten, kaufen sich diese Leute dann noch eine Wäscheleine, einen Rucksack, den man mindestens mit Sie anreden möchte, und einen Spazierstock, der an sämtlichen Enden sehr spitz ist und der, so unfein es klingt, Eispickel heißt.

Derartig verziert, stürmen sie dann jeden Gipfel, der ihnen in die Quere kommt. Manchmal verschwinden sie in einer Gletscherspalte und müssen an der Wäscheleine wieder herausgezerrt werden. Oft geht es nicht so glimpflich ab.

Kürzlich sind zwei dieser Eisheiligen von St. Gallen aus bis nach Chamonix, schräg durch die ganze Schweiz, geklettert. Kein Berg über zweitausend Meter wurde unterschlagen. Sie brauchten, glaub ich, ein Vierteljahr zu der Sache. Nun sind sie freilich Inhaber eines neuen Rekords und können lachen.

Ehe aber ein bedauerliches Missverständnis um sich greift, möchte ich betonen, dass ich den Aufenthalt auf Gletschern keineswegs gering schätze. Ich wüsste weniges aufzuzählen, was schöner sein kann. Ich wende mich nur gegen das Besteigen, nicht gegen das Obensein.

Darf ich mit einem Vergleich kommen? Also, es ist sicher großartig, zehn Sprachen zu beherrschen. Es verleiht Sicherheit. Es kann einem nützen. Das sehe ich alles ein. Aber keine tausend Pferde werden mich dazu zwingen, diese zehn Sprachen, aus Rücksicht auf Hochgefühle und Vorteile, zu erlernen! Ich warte, bis Esperanto Weltsprache wird.

Das Esperanto für Gipfelgefühle ist erfunden worden. Es heißt: Jungfraujoch-Bahn. Man seilt sich nicht an. Man trägt keine Rucksäcke. Man haut mit dem Eispickel keine Löcher ins Eis. Und man kommt doch 3500 Meter hoch.

Es gibt – ich weiß schon – Kenner, welche sagen: Wer so einen Berg nicht persönlich »macht« (Kenner nennen das so), der hat nicht den zehnten Teil des Genusses davon.

Da muss ich widersprechen. Ich war sehr zufrieden und weiß, weniges bisher erlebt zu haben, was mich so erfasst hat wie die paar Stunden dort oben in Schnee und Eis. – Und die Aussicht war für alle Anwesenden die gleiche. Ich habe einen der Herren scharf beobachtet, der sich, tagelang, heraufgewürgt hatte. Ich habe mich sogar nach seiner Gefühlsstärke, hintenrum, erkundigt, als wir gemeinsam im Speisesaal dinierten. Also, das nächste Mal will er fahren.

Dazu kommt natürlich noch, dass viele Menschen körperlich gar nicht in der Lage sind, eine Hochtour zu machen. Sie sind zu schwächlich. Oder zu stark. Oder zu alt. Oder zu jung.

Ein Wiener Schriftsteller, der auch oben war – per Bahn selbstredend –, schrieb dieser Tage in einer Wiener Zeitung über diesen

Ausflug. Er mokierte sich vor allem darüber, dass man Kinder mit hinaufgenommen hatte. Was er dagegen hätte? Wenn ich einmal Kinder habe, fahre ich mit ihnen bestimmt aufs Jungfraujoch. Wer weiß, wie wichtig es ist, in der Kinderseele große Eindrücke zu wecken, weil sie fürs Leben bleiben, der wird ihr das Erhabenste, was die Natur außer dem Anblick des Ozeans zu bieten hat, nicht vorenthalten wollen. Die Tour ist leider etwas teuer.

Wir saßen in Interlaken im Hotel. Da trat der Portier an unseren Tisch, legte ein paar Fahrkarten hin und erklärte, das Auto führe gleich zum Bahnhof. Es waren Karten für die Jungfraubahn. Ich fragte nach dem Preis und blieb, als er geantwortet hatte, noch einen Moment sitzen. Rund fünfzig Mark pro Person, hin und zurück. Bei zwei Personen macht das –

Dann setzten wir uns ins Auto, fuhren nach Interlaken-Ost, stiegen in den Zug und erschraken, dass wir ohne Mäntel, Schirme, Pelze, Wärme-Öfchen und Schaftstiefel in die Regionen des ewigen Eises fahren wollten. Meine Mutter trug ein leichtes Sommerkleidchen; ich ging ohne Weste. Ein Plaid war die einzige Ausrüstung.

Es stellte sich später heraus, dass sie ausreichte.

Zunächst fuhren wir durch schöne grüne Täler, mit dunkel bewaldeten Hügeln am Saum und reizenden Häuschen. Wie schon so die Gegend ausschaut, wo die Schokolade wächst. Manchmal lugten aus einer Ecke des Horizonts schimmernd weiße Bergkuppen hervor. Sie waren noch fern, wie auch Ansichtskarten, und die eifrig mit Geographie versehenen Mitreisenden meinten, das seien Eiger, Mönch und Jungfrau, und waren bemüht, die Jungfrau vom Mönch zu unterscheiden.

Auf diese kurzweilige Art kamen wir in Grindelwald an. Hier stiegen wir in einen noch kleineren elektrischen Zug, gerieten mit einer Schar bemalter Amerikanerinnen ins Abteil und blickten zum Fenster hinaus.

Der Zug kletterte, besser als wir es gekonnt hätten, ließ die letzten Wälder hinter sich, die letzten Häuschen, die letzten Krüppelkiefern, die letzten Matten. Immer mächtiger und unnahbarer rückten die Eisberge auf uns zu. Die nahe Umgebung wurde steinig, felsig, unfruchtbar.

Und dann stiegen wir wieder aus. Die Station hieß Klein-Scheidegg. Unmittelbar dort, wo die Gletscherzungen enden, am Fuße des Eis- und Schneewassers, liegen ein Bahnhof und ein Hotel. Ein großes, wundervolles Hotel. 2500 Meter hoch. Mit Fünfuhrtee und Liegestühlen. Man bettet sich hinein, atmet die klare Luft, spürt die Strahlung der Sonne, ohne zu schwitzen, und blinzelt die Gletscher an.

Von Scheidegg aus zog uns ein noch kleinerer Zug als der vorige die letzten tausend Meter hoch. Man braucht auf dieser letzten teuersten Strecke nicht sehr viele Wagen und könnte sie auch nicht brauchen. Eine kleine Fahrt am Eiger-Gletscher entlang – und dann nahm uns ein endloser Tunnel auf. Er hörte nicht früher auf als die Bahn selber.

Doch einige Male hielt der Zug. Wir stiegen aus, froren in der Kühle des Tunnels und eilten zu den Querstollen, an deren Schluss große Fenster waren. Wir traten hin und blickten hinaus auf steile, unendlich scheinende Wände, aufs glitzernde Eismeer … Wer irgendein Wort der Bewunderung rief, tat es nur, um sich's nicht merken zu lassen: wie groß und wie wortlos seine Bewunderung im Grunde war.

Dann waren der Tunnel und die Fahrt zu Ende. Station Jungfraujoch! 3500 Meter oder 11 400 Fuß über dem Meeresspiegel.

Das Erste, was an den Tunnel stieß, war ein Restaurant. Ein Lift brachte uns in die letzte Etage und zum Ausgang ins Freie. Eine Minute später standen wir, mit Halbschuhen und Sommerkleidern, im dicksten Schnee. Die Luft glitzerte. Die Eishöhen ringsum schimmerten. Wir waren, wirklich, geblendet.

Wozu gibt es grüne Brillen? Wir setzten sie auf und konnten sehen! Wenn es verzauberte Welten gäbe, müssten sie so aussehen. Tief unter diesen nahen Märchengipfeln aus blitzend weißem Kristall zogen Wolken. Blauer Himmel war über uns. So tröstlich blau wie nirgends sonst. Drüben fuhren Menschen – klein wie Punkte – auf Skiern durch den Sommer. Andere, nur mit Glas erkennbar, mühten sich, angeseilt, um das letzte Stück zu den Gipfeln hinauf. Jubelnde Sportfräuleins rodelten verschneite Abhänge herunter. Die Sonne wärmte.

Wir waren im gefrorenen Paradies.

Knorrige Bergführer traten an uns heran und taten gefährlich. Wir fassten uns aber bei der Hand und stapften, leicht und froh, zur Mathildenspitze hinauf. Dort knatterte eine rote Fahne, mit weißem Kreuz, im Winde. Und wer sich hergewagt hatte, photographierte. Dann rutschten wir alle ins Hotel hinunter; zum Ansichtskartenkiosk, selbstverständlich. Das Eiswasser schwappte in die Halbschuhe; und die Sonne brannte, als sei man irgendwo am Meeresstrand.

Im Touristenhaus war großer Betrieb. Bergführer erzählten Witze. Skifahrer kamen von der Tour und säuberten die Hölzer. Am nächsten Tag war ein großes Wintersportfest geplant. Die meisten der Sportsleute hatten im Gesicht den Gletscherbrand. Die Haut

Erich Ohser, Wintersport im Hochsommer. Neue Leipziger Zeitung, 19. 8. 1928

zeigte Risse, war abgebrannt, entzündet. Manche sahen aus wie die Clowns.

Wir hatten noch Zeit bis zur Rückfahrt, bestellten Kaffee, setzten uns ans Fenster, nickten uns zu und blickten eine Stunde hinaus. Hinüber zu den Viertausendmetergipfeln, die so herrlich glänzten wie nichts anderes auf der Welt …

Am Abend langten wir wieder in Interlaken an. Der Portier bekam ein Trinkgeld.

Winterfrische in Oberstdorf

Nennt sich das Winter?

Dass man den Winter so sehr suchen muss …
Ich bin seit gestern dauernd umgestiegen.
Und sah vom Zug aus Stadt und Dorf und Fluss,
nur keinen Schnee (den ich doch suchte) liegen.

Im Speisewagen gab es Rindsfilet.
Mit Fasern, die sich in die Zähne klemmten.
Der Zug fuhr schnell. Und nirgends gab es Schnee.
Bei Ulm noch nicht. Und nicht einmal bei Kempten.

Der Himmel war im allgemeinen klar.
Doch der Kalender war sich nicht im klaren.
Der Zug fuhr schnell, weil es ein Schnellzug war.
Wie lange sollte ich denn noch so fahren?

Der Wald trug Rauhreif wie aus weißem Filz
und wirkte fast wie großer bleicher Ginster.
Der Wald bekam das Aussehn eines Bilds.
Die Sterne zwinkerten. Es wurde finster.

Der Zug kroch höher. Näher kroch das Ziel.
Dicht hinter Immenstadt lag etwas Weißes.
Das war tatsächlich Schnee. Wenn auch nicht viel.
Und nun begann die »Region des Eises«.

Ich schrie beim Anblick jedes weißen Flecks.
Ich zählte Schnee! Das machte große Mühe.
Mitunter war es bloß ein kleiner Klecks,
wie das Ergebnis weißgefärbter Kühe.

Heut Morgen traf ich nun im Allgäu ein.
Die Welt ist grün. Der Schnee liegt in Portionen,
als sei er vom Verschönerungsverein
für die herangerollt, die nun hier wohnen.

Was nützt mir jetzt mein Wunsch nach Eis und Schnee?
Ich wollte kindisch durch die Wälder traben.
Hier gibt's nur Maskenball und Fünfuhrtee!
Das war zu Hause billiger zu haben.

An Ida Kästner

[Berlin,] 22.1.1930

Ich bin, weiß Gott, auch froh, endlich rauszukommen. In frische Luft und Ruhe. Ich fürchte nur: im Allgäu wird nicht ein Fünkchen Schnee liegen. Aber auch das wäre ja nicht so schlimm. Die Stiefel tu ich also in die Tasche, gut. Und ich werde es beim Hotel Luitpold versuchen, das Du angekreuzt hast. Wichtig ist ja vor allem, daß keine Bekannten um einen rum sind. Denn hier ist es ja manchmal schon schrecklich. Weller will, ich soll mit ihm im Auto nach Stuttgart fahren. Das werde ich aber nicht machen, sondern im Zug fahren. Da hab ich's bequemer, kann schlafen oder arbeiten, ganz wie ich will.

Oberstdorf, 28.1.1930

Eben hab ich mein neues MM-Gedicht fertiggestellt. Wird erst morgen früh 6h mit dem Postzug weiterbefördert. Umständliche Gegend hier. (...) Die Sonne scheint hier ganz wunderbar. Ich hab einen Bal-

Oberstdorf in der Wintersonne. EK an Ida Kästner, 31.1.1930

kon und werde mich früh rauslümmeln. Schnee ist wenig da. Verflucht wenig. Vorm Hotel aber eine Eisbahn. Wahrscheinlich werde ich nur zuschaun. Übrigens gefällt's mir schon ganz gut. Grandhotel Kitzbühel war bißchen mehr Betrieb und großartiger. Aber man kann doch nicht unentwegt in dasselbe Nest fahren! Schnee wird auch dort keiner liegen.

[Oberstdorf,] 30.1.1930

Heute hat's zu schneien angefangen. Dafür scheint aber nun die Sonne nicht. Na, da bin ich vorm Essen bißchen gelaufen. Eine Stunde ungefähr. Jetzt hab ich Post erledigt, Zeitungen gelesen und dann werde ich noch ein bißchen im Schnee bummeln. (...) Hier im Luitpold ist's sehr nett. Mittags einen Gang mit Suppe u. Nachtisch. Abends zwei Gänge. Früh Kaffee, Brötchen, Butter, Marmelade.

Oberstdorf, 1.2.1930

Das Wetter ist heute ziemlich trüb. Überall kratzen die Bewohner das bißchen Schnee zusammen und fahren ihn, in Fuhren, zur Sprungschanze hinauf. Dort wird er ausgeschüttet, breitgeklopft und angehäuft, damit die Wettspiele nächste Woche überhaupt stattfinden können. Militär ist auch schon da. Die Heeresskimeisterschaften werden nämlich auch ausgetragen. Heute abend ist im Hotel ein Japan-Ball. Der Saal ist mit Kirschblüten aus Papier geschmückt. Na, ich werde den Smoking anziehen und mich bißchen runtersetzen. Anschluß habe ich noch nicht gesucht und will es auch nicht tun. So erhole ich mich am besten.

Kriegsbericht

In meinem Winter-Erholungsort,
da wackelt z. Z. die Wand.
Da treibt z. Z., in einem fort,
die deutsche Reichswehr Wintersport.
Für Gott und Vaterland.

Da fährt sie, und da springt sie Ski.
Und hebt den Ortsverkehr.
Die Berge stehen vis-à-vis
und starren, so erstaunt wie nie,
auf unser Militär.

Auf jeden Mann kommt ein Offizier.
Und Generäle gibt's gleich vier.
Schwarzweißrotgold juchhe!
Viel Generäle gibt es hier.
Und beinah keinen Schnee.

Was das den Offizieren tut!
Sie passen ja bloß auf.
Sie essen und sie trinken gut
und sammeln für die Mannschaft Mut
zum Großen Staffellauf.

Ich fühle mich total verirrt.
Ich fühle mich beengt.

Wie das Hotel von Sporen klirrt!
Und in den Zimmern hat der Wirt
Kriegsbilder aufgehängt.

Da fällt mir, was das kostet, ein.
Mir tun die Steuern leid.
Ein Mädchen sprach, es war noch klein:
»Das ist ein teurer Sportverein!«
Das Kind ist ganz gescheit.

Der letzte Mohikaner

Im Kurhotel »Zum Wasserfall«
war gestern ein Apachenball.
Na, sehr lustig!

Ich ging mit nacktem Oberteil.
Und auf dem Rücken stand »Ski Heil!«
Zwecks Echtheit blieb ich unrasiert.
Die Augen waren blau verschmiert.
Den Smokingbinder trug ich als
vergess'ne Pracht am bloßen Hals.
Und als ich in den Spiegel sah,
war mir direkt das Weinen nah.
Na, sehr lustig!

Dann stieg ich trällernd in die Bar.
Wo der Betrieb im Gange war.
Ich jodelte, so gut es ging.
Der Widerhall war recht gering.
Und als ich durch die Türe trat,
da hatte ich schon den Salat.
Na, sehr lustig!

Die Herren trugen alle Lack,
die meisten Smoking, manche Frack.
Die Damen wirkten allesamt,
als kämen sie vom Standesamt.
Sie hatten alle, Mann für Mann,
die wundervollsten Kleider an.
Es duftete nach Boudoir.
Und war doch die Apachen-Bar!
Da stand ich, gräßlich angehost,
und sagte zu mir selber: Prost!
Na, sehr lustig!

Sie waren starr und sahen aus,
als käm ich frisch vom Irrenhaus.
Ich sah das ein. Und grüßte stumm.
Und kehrte auf der Stelle um.
Dann stieg ich rasch, vor lauter Zorn,
so wie ich war, aufs Nebelhorn ...
Seitdem lieg ich im Ortsspital.
Apachenball? Das letzte Mal!

Kitzbühel. Grandhotel und Wintervergnügen

Brief aus dem Winter

Man soll nicht glauben, dass die Hauptsache am Wintersport der Wintersport wäre. Telemark und sehr viel weißer Puder, der vom Himmel fällt, sind nicht unamüsant. Aber es gibt wichtigere Dinge! Beispielsweise: Wissen Sie vielleicht, ob der Herr die Enden der Smokingkrawatte über oder unter den Ecken des steifen Kragens zu tragen hat?

Sie wissen es nicht? Und Sie leben noch immer? Falls Sie eine vertrauliche Äußerung respektabel zu behandeln wissen, will ich Ihnen sagen: Ich weiß es auch nicht. Und dieser offensichtliche Bildungsmangel bricht mir noch das Herz. Wenn ich die Enden des schwarzen Binders unter den Kragenecken trage, begegnen mir in der Halle, im Saal und in den Spielzimmern ständig Leute, die ihre Krawatte über den Ecken sehen lassen. Und umgekehrt, umgekehrt!

Logisch begabten Lesern wird sofort auffallen, dass demzufolge die anderen Herren auch nicht zu wissen scheinen, wie man die Krawatte tragen muss. Das stimmt. Aber die andern kleidet diese vermutliche Unkenntnis, und mich entstellt sie. Es gibt hier, mit meiner Ausnahme, nur Menschen, die auf die charmanteste Art von der Welt ungebildet sind und unvorschriftsmäßig dazu. Wenn der Neid nicht zufällig keine Tugend wäre, könnte ich täglich mindestens zwanzigmal vor Neid platzen. Nur mein moralisches Empfinden hindert mich daran. Ich bin diesem weltmännischen Gebaren nicht gewachsen.

Die meisten haben es schon gemerkt. Und einer – der Portier – lässt es sich schon merken. Wenn ich einen Briefbogen wünsche, lässt er mich anstehen und ist erst einem Dutzend Leuten, die nach mir an seinem Ladentisch auftauchen, behilflich, ehe er mir das Papier reicht. Dabei sieht er mich an, als sähe er mich nicht an. Einmal wollte ich richtig grob werden, mit allen Schikanen. Doch dann ließ ich's und besorgte mir Briefbögen auf Vorrat. Und zwar nicht beim Portier, sondern im Papierladen. Wozu soll ich dem Manne Kummer machen? Von seinem Hotelstandpunkt aus hat er ja recht. Er hat Leute gekannt, die um vieles sicherer auftraten als ich, und dann zeigte es sich, dass es Spitzbuben waren.

Der dem Auftreten nach Sicherste ist kein Gast, sondern ein Berufseinwohner von Hotels. Er wird dafür bezahlt, dass er hier wohnt. Seine Gegenleistungen bestehen darin, dass er zu den Bällen häufig in die Hände klatscht; an den Abenden mit besonders dicken Damen tanzt und deren Töchtern das Flirten beibringt. Dieser Mann kann höchstens bis drei zählen, und auch das nur bei günstigen Witterungsverhältnissen! Aber ausschauen tut er, als betriebe er die Erfindung des Schießpulvers. Vielleicht tut er das wirklich, denn dass das Schießpulver schon erfunden worden ist, weiß der noch nicht. Ein reizender Herr, und man sollte ihn den Menschenfressern, ehe sie völlig aussterben, zum Nachtisch schicken. Guten Appetit! Für Europa ist er ungenießbar.

Ich merke schon, dass ich nur von Dingen erzähle, die mich ärgern. In dem Zusammenhange möchte ich etwas von den Ansässigen berichten. Schon der Ton, in dem sie mit den Auswärtigen verkehren!

Kitzbühel. Bichlstraße mit Jochberger Tor. EK an Ida Kästner, 12. 2. 1932

Die Skilehrer und Bergführer und Wirte und Bauern behandeln die Gäste, als wären es ganz kleine, noch nicht ganz stubenreine Kinder. Und die Gäste finden das allem Anschein nach reizend! Es geht zu wie im Kindergarten. Und oft bemerkte ich an den Hiesigen Gesichter, als wollten sie sagen: »Na, ihr geistig und körperlich Zurückgebliebenen?« Und wenn die Fremden kein Geld brächten, würde man ihnen, das halte ich für absolut sicher, die Hosen straffziehen. Fehler wär's keiner.

Nun wird es aber Zeit, über diese Gegend auch etwas Nettes zu sagen. Glücklicherweise blieb ich, auf der Jagd nach Lobenswertem, vor einem der Bretter stehen, auf denen der »Plakateur und Dienstmann« Hiltbrunner die Neuigkeiten in Druck- oder Schreibmaschinenschrift anklebt. Und da las ich – Neueres lag nicht vor – folgenden Zettel:

»Verzeichnis der Abnehmer von Neujahrs-Entschuldigungskarten für das Jahr 1930. Die nachverzeichneten Personen haben Enthebungskarten für die Beglückwünschungen gelöst, bringen hierdurch die Wünsche zum Ausdruck und erklären, dass sie selbst keine solchen Wünsche versenden werden, sowie, dass sie auf Empfang von solchen verzichten. Für etwa erhaltene Wünsche sprechen dieselben (!) auf diesem Wege ihren Dank aus.«

Und nun folgte eine lange, lange Namensliste. Der Ortspolizist hat mir die Sache erklärt. Wer keine Neujahrskarten schreiben will – und wer wollte das wohl –, der löst im Rathaus gegen eine freiwillige Spende eine »Enthebungskarte«. Dafür wird sein Name der Liste jener einverleibt, die »keine solchen Wünsche versenden werden«. Er sündigt also mit behördlicher Erlaubnis. Und die gespendete Summe wird den Ortsarmen zur gefl. Benutzung überlassen. Diese Art von Wohltätigkeit ist zwar etwas umständlich und spekuliert ein wenig heftig auf die bösen Instinkte im Menschen. Immerhin, die Armen kriegen Geld und die Verwandten keine Neujahrskarten! Zwei Fliegen auf einen Anschlag!

Man soll nur ja nicht glauben, dass die Hauptsache am Wintersport der Wintersport wäre.

P. S. Die Natur lässt grüßen. Es ginge ihr gut.

Vornehme Leute, 1200 Meter hoch

Sie sitzen in den Grandhotels.
Ringsum sind Eis und Schnee.
Ringsum sind Berg und Wald und Fels.
Sie sitzen in den Grandhotels
und trinken immer Tee.

Sie haben ihren Smoking an.
Im Walde klirrt der Frost.
Ein kleines Reh hüpft durch den Tann.
Sie haben ihren Smoking an
und lauern auf die Post.

Sie tanzen Blues im Blauen Saal,
wobei es draußen schneit.
Es blitzt und donnert manches Mal.
Sie tanzen Blues im Blauen Saal
und haben keine Zeit.

Sie schwärmen sehr für die Natur
und heben den Verkehr.
Sie schwärmen sehr für die Natur
und kennen die Umgebung nur
von Ansichtskarten her.

Sie sitzen in den Grandhotels
und sprechen viel von Sport.
Und einmal treten sie, im Pelz,
sogar vors Tor der Grandhotels –
und fahren wieder fort.

An Ida Kästner

Kitzbühel, 25.1.1931

Heute waren wir auf der Stangl-Alm. Herrliche Sonne. Und eine ganz kleine hellbraune Katze. Herrlich. Ich werde braun wie Othello. Abends am Film geschrieben.

[Berlin,] 9.1.1932

Wohin ich fahre weiß ich noch nicht genau. Vielleicht nach St. Moritz. Aber ich warte noch auf Nachricht von paar Hotels. Erstens, wie teuer sie sind, und zweitens, wie man Geld mitnehmen kann. Das ist nämlich sehr schwierig. Pro Nase darf man nur 200 M über die Grenze mitnehmen. Das ist natürlich für so eine Reise bißchen wenig. Aber es geht, glaub ich, daß man hier in einem Reisebüro einzahlt, das wird einem dann in dem betreffenden Hotel wieder ausgezahlt. Lauter Schiebungen. Wie in der Inflation. (…)

Gesundheitlich geht's mir halbwegs. Ruhe brauche ich allerdings sehr bald. Die Schneeberge werden wieder ihr Wunder tun müssen. Damit dann die Arbeit wieder richtig anfangen kann.

Kitzbühel, 18.1.1932
Also, da wär ich mal wieder oben angekommen, allerseits freudig begrüßt von Portier, Kellnern &tc.

Kästner auf der Stangalm. Im Hintergrund die Kitzbüheler Alpen mit Blick auf Pass Thurn. Privatfoto, 1931

Grandhotel Kitzbühel, 19.1.1932
Die erste Nacht in Kitzbühel geschlafen. Gegen 11 Uhr aufgestanden. 12 Uhr in Marsch gesetzt. Nun bin ich, seit 1 Uhr, in Obholz. Die Sonne scheint wundervoll. Eben habe ich 1 ½ Stunden auf einer Holzpritsche gelegen und gedöst. Jetzt tut mir aber der Allerwerteste weh, und da setz ich mich wieder auf die Bank. Obholz – davon hast Du die eine Vergrößerung an der Wand, wo ich mit Preßburger und dem kleinen Jungen sitze. Ohne Preßburger ist es aber noch schöner. Mal ganz ruhig und für sich sein, ist die beste Erholung. (…)

Ach, ich fühl mich schon wieder so wohl, und fast sauwohl. Die Sonne brennt richtig im Gesicht. Und die Berge ringsum! Schnee ist weniger als in früheren Jahren. Aber mir reicht's, da ich ja nicht Ski fahre. (…)

Mein Herz ist nicht schlechter als andre Jahre. Ich hab's beim Bergsteigen gemerkt. Bißchen mitnehmen tut's mich ja, aber es geht schon.

Kitzbühel, 21. 1. 1932

Nun bin ich schon 3 Tage hier und war jeden Tag wo anders in der Höhe und saß stets zwei, drei Stunden in der Sonne. Leider sind die An- und Abstiege bißchen beschwerlich. Aber ich geh langsam und atme tief. Bin sogar schon bißchen braun. (…)

Heute war ich auf der Stang-Alm. Aber die kleine Katze hab ich nicht gesehen, dafür einen großen Hund, der sich füttern ließ. Sind alles so kleine Freuden. Schnee liegt weniger auf den Hängen als in andren Jahren. Das stört aber nur die Ski-Läufer. Mir ist das egal. Hauptsache, daß die Sonne scheint. Bis jetzt jeden Tag. (…)

Hier gibt's viele nette Kinder. Das macht Spaß, zuzusehen. (…)

Hier hoppelt eine kleines blondes Mädchen übers Parkett, lacht wie ein Chinese und setzt sich dauernd hin. Sämtliche Gäste lachen mit. Zu komisch.

Es ist leerer als sonst. Viele Franzosen und Engländer. Auch paar Deutsche. Eine dicke unbefriedigte Frau aus Schweidnitz geht mir bereits auf die Nerven. Hat beim Portier gefragt, wie ich heiße. Hat alle meine Bücher gelesen. Denkt, deswegen muß ich ihr die Zeit vertreiben. Na, daraus wird nicht viel werden. Wenn sie wenigstens hübsch wäre.

Kitzbühel, 24.1.1932
Gestern war hier großer Trachtenball. Die Einheimischen haben bis früh 8 Uhr solchen Krach gemacht, daß ich nicht einschlafen konnte. Ich hab die Bande aber verwünscht! Na, nun ist wieder mal eine Woche Ruhe. (…)

Eben hab ich 50 M gewechselt und 83 Schillinge dafür gekriegt. In Deutschland bekommt man 100 Schillinge dafür. Das ist ein happiger Verlust, was?

Menschen im Gebirgshotel

Es handelt sich um ein Gebirgshotel in Tirol. Ich bin schon das vierte Mal hier. Es ist ein großes Hotel, alt und gemütlich. Mit drei Skilehrern und einem Tanzlehrer. Es sind immer die gleichen; und auch die Gäste sind, nahezu zur Hälfte, jedes Jahr dieselben: Deutsche, Österreicher, Engländer, Franzosen, Ungarn, Holländer, ein paar Italiener. Die Unterhaltungen finden als babylonische Sprachverwirrung statt. Man liefert einander Vokabeln und zeigt, wenn nichts mehr helfen will, mit den Fingern. Die Franzosen versuchen deutsch zu sprechen. Die Engländer versuchen französisch zu sprechen. Die Deutschen versuchen französisch zu sprechen. Es geht ganz gut. Außer, wenn der französische Kunstgewerbler mit mir zu philosophieren beginnt. Er liest augenblicklich Emerson und will mich überreden, ein Gleiches zu tun. Ich habe ihm versprochen, Emerson zu lesen, aber nicht jetzt, vielleicht später einmal. Franzosen sind höflich. Meine unbestimmte Zusage hat ihm genügt.

Im Übrigen: Viele deutsche Stammgäste sind ausgeblieben. Hier, in einem Hotel, das zwei Stunden von Innsbruck entfernt liegt, dominiert diesmal, als Umgangssprache, das Französische. Man geht wohl nicht fehl, für diesen Umschwung die Nationalökonomie verantwortlich zu machen. Die französischen Gäste empfinden das und sind höflicher als je. Wenn sie mit Deutschen sprechen, ähneln ihre Manieren denen freundlicher Hausärzte, die sich mit Patienten unterhalten. Die Augen bitten ein bisschen um Entschuldigung, dass in den Kellern der Bank von Frankreich so viel Gold liegt.

Der Kunstgewerbler aus Paris versicherte uns, obwohl ein englischer Colonel am selben Tisch saß: »Les allemands sein très sympathetisch.« Und der Colonel meinte, wobei er übers ganze Gesicht strahlte: »The german people gut, les français, nous n'aimons pas, indeed.«

So sitzt man eingekeilt zwischen englischen und französischen Sympathiekundgebungen. Und es ist nur schade, dass wir hier weder befugt noch ermächtigt sind, das Reparationsproblem aus der Welt zu schaffen. Es wäre eine Kleinigkeit.

Genug der hohen Politik. Meine Unart, beim Essen, beim Tee, beim Konzert, kurz, wo auch immer, zu lesen oder zu schreiben, hat bewirkt, dass man dahinterkam, ich sei Schriftsteller.

Der Hotelfriseur zwinkerte mir heute zu, während er mich einseifte, und sagte: »Ja, ›Alraune‹ ist ein schönes Buch!«

Ich wiegte das Haupt. Aber er ging von seiner günstigen Meinung nicht ab.

Der Gehilfe zwinkerte nun auch. Er lächelte fein und meinte: »Bei uns kann man sein Inkognito nicht wahren, Herr Doktor.« Und der

Friseur schwur, er hätte die »Alraune« sogar einmal besessen, aber irgendwer hätte ihm das Buch dann gestohlen.

»Um des Himmels willen!« rief ich. »Für wen halten Sie mich eigentlich?«

»Für Hanns Heinz Ewers«, sagten die Friseure im Chor. Und dann spritzten sie mir Kölnischwasser ins Gesicht, damit meine plötzliche Ohnmacht vorbeigehe.

Und so geschah es denn auch. Aber ich habe beschlossen, mich von nun an selber zu rasieren.

Obwohl es natürlich gut gemeint war von den beiden.

Man soll nicht glauben, dass die Großstädter mit ihren Skibretteln vor allem deswegen ins Gebirge kommen, um Ski zu fahren; auch Großstädterinnen nicht. Die Ski sind bei den meisten Damen nichts als eine Legitimation zur Einfuhrbewilligung.

Viele lernen das Skifahren nicht, um das Skifahren zu lernen, sondern um die Skilehrer kennenzulernen. Denn diese jungen Männer aus Tirol sehen erstens einmal sehr markant und gebräunt aus, und zweitens sind sie »so himmlisch brutal«. (Das heißt: Bei einem durchschnittlichen Skilehrer dauert es oft Jahre, bis er endlich gelernt hat, so brutal zu sein, wie die Schülerinnen es wünschen.) Man muss sich das vorstellen: Neun Monate lang ist so ein junger Mann ein kleiner, bescheidener Dorfbewohner, und die übrigen drei Monate kommen unverstandene Frauen aus der ganzen Welt daher, und er muss sich benehmen, als sei er eine hemmungslose Naturgottheit!

Ein Kollege von mir war im Herbst auf Hiddensee. Er war der einzige Gast, saß Abend für Abend mit den Fischern im Krug und hörte ihren Gesprächen zu. Und Abend für Abend sprachen sie über die weiblichen Kurgäste, die sie im verflossenen Sommer kennengelernt und aufs Meer hinausgerudert hatten. Mein Kollege meinte, wenn drei Viertel dieser Fischergespräche Renommagen gewesen seien, bliebe noch immer so viel Skandalchronik übrig, dass es, kurz gesagt, eine Schande sei.

Ostseefischer oder Tiroler Bauernbuam, beide haben die Ehre und das Vergnügen, den Busen der Natur darzustellen, an den sich die Damen der Gesellschaft mit solcher Vehemenz werfen, dass die ganze Zivilisation ins Wanken gerät.

Der Buchhändler am Ort hier hat mir verraten, wie er es während der Saison anstellt, dass er Erfolg bei Frauen hat. Er erzählt ihnen, sein Bruder sei Skilehrer!

An Ida Kästner

26. 1. 1932

Ich fahre fast täglich auf den Hahnenkamm. Dort scheint die Sonne herrlich. Aber sehr braun wird man nicht. Trotzdem ist es großartig.

28. 1. 1932

Ich hab täglich Folgendes an: die langen Hosen, die Militärstiefel (sind wunderbar weich), den blauen Pullover, die Baskenmütze, die graue kleine Jacke ohne Revers, vom Union-Club, weißt du, den Shawl von Moritz, die Handschuhe, die Du mir von der Chemnitzer Lina gekauft und geschenkt hast.

31. 1. 1932

Morgen soll Schnee kommen, wird hier erzählt. Das wäre nun zwar für die Skifahrer eine große Freude. Nicht aber für mich. Denn wenn es schneit, sind Wolken am Himmel. Und wenn Wolken am Himmel sind, scheint die Sonne nicht. Und wenn die Sonne [nicht] scheint, guck ich in den Mond. Andrerseits, in den 14 Tagen, die ich hier bin, scheint die Sonne täglich. Ich will mich also nicht beklagen. (…)

Es sind viele Leute da. Denn heute war großes Skispringen. Sehr interessant.

1. 2. 1932

Oben sah ich zufällig diese Aufnahmen vom gestrigen Skispringen. Und weil ich mit auf der Tribüne stehe, hab ich sie gleich erworben, um sie Dir zu schicken. Siehst Du, daß ich schon ganz hübsch braun bin? Man muß schon sehr genau hinschaun. Immerhin, besser als nix, ja?

7. 2. 1932

Also, heute war es ein Tag zum Hineinbeißen. Ich bin schon ½ 9 Uhr auf den Hahnenkamm gefahren, mit dem Pelz, die Sonne ging erst hinter den Bergen hoch, ich hab mich in einen Lehnstuhl gepflanzt und bis 3 Uhr Sonnenbad gemacht. Natürlich immer mal pausiert, was gegessen und getrunken, einfach großartig, so etwas von Wetter! (…)

Paar Tage bleibe ich auf alle Fälle noch hier, wenn dieses Kaiserwetter bleibt. Heut schau ich aus wie ein Mulatte! Das große Künstlerfest gestern war sehr laut und fidel. Ich machte allerdings den Sonderling und bin immer für mich allein aus einem Saal in den anderen

EK an Ida Kästner, 1. 2. 1935. Kästner in der oberen Bildmitte, mit Baskenmütze und dickem Pelzkragen, rechts unterhalb ein Ordner mit Hut und Armbinde

gestiefelt. »Nun, haben Sie Stoff genug für einen neuen Roman?« fragte ein junges Mädchen, das ich gar nicht kannte. Zwei andre Hotelgäste hab ich mit »Fabian« herumlaufen sehen. Und ein kleiner Junge liest »Pünktchen«. Er geht erst zwei Jahr zur Schule und fährt mit dem Finger die Zeilen nach, wenn er liest. Die Nachdenkereien liest er nicht, hat er gesagt. (…)

Heut ist doch Fasching. Da kamen die Kitzbühler Einwohner kostümiert auf den Hahnenkamm, als Schornsteinfeger, in Strohhüten und Fracks, mit Blechkapelle, und so fuhren sie Ski. Es war sehr komisch, und ihnen machte es am meisten Spaß.

Liebes, gutes Muttchen, aber Herzklopfen hat man doch ganz

hübsch hier oben auf dem Hahnenkamm. Heute ist es mir besonders aufgefallen. Keine Schmerzen, nur heftiges Klopfen, vielleicht darf man doch nicht 6 Stunden obenbleiben, wenn man so ein Schwachmatikus ist.

9.2.1932

Ich hab mich eben mal im Spiegel angeschaut. Also, so ausgeruht und frisch um die Augen hab ich selten ausgesehen. Ich hab allerdings auch wieder bis 1 Uhr geschlafen. Und jetzt hab ich mir auf einem Spaziergang kleine Bonbons gekauft und eß sie wie ein ganz kleiner Junge. Durchs Dorf zogen schon wieder maskierte Einwohner, auf Wagen, und die sangen komische Lieder. Die Bande scheint überhaupt nichts zu tun zu haben. Diesmal bin ich gar nicht so begierig aufs wiederarbeiten. Sollte ich etwa plötzlich faul werden? (...)

Heute schneit es, und der Himmel ist grau. Ich bin aber mit diesem Urlaub riesig zufrieden. Das Wetter war für einen Nicht-Skifahrer ideal.

12.2.1932

Heute waren 12°–15° Kälte. Donnerkiel nochmal! Obwohl auf dem Hahnenkamm die Sonne schien, mußte ich die Suppe in Handschuhen essen. Und nach einer Stunde schon bin ich wieder hinuntergefahren. Die Kälte kroch sogar durch die Militärstiefel.

Maskenball im Hochgebirge

Eines schönen Abends wurden
alle Gäste des Hotels verrückt, und sie
rannten schlagerbrüllend aus der Halle
in die Dunkelheit und fuhren Ski.

Und sie sausten über weiße Hänge.
Und der Vollmond wurde förmlich fahl.
Und er zog sich staunend in die Länge.
So etwas sah er zum ersten Mal.

Manche Frauen trugen nichts als Flitter.
Andre Frauen waren in Trikots.
Ein Fabrikdirektor kam als Ritter.
Und der Helm war ihm zwei Kopf zu groß.

Sieben Rehe starben auf der Stelle.
Diese armen Tiere traf der Schlag.
Möglich, dass es an der Jazzkapelle –
denn auch die war mitgefahren – lag.

Die Umgebung glich gefrornen Betten.
Auf die Abendkleider fiel der Reif.
Zähne klapperten wie Kastagnetten.
Frau von Cottas Brüste wurden steif.

Das Gebirge machte böse Miene.
Das Gebirge wollte seine Ruh.
Und mit einer mittleren Lawine
deckte es die blöde Bande zu.

Dieser Vorgang ist ganz leicht erklärlich.
Der Natur riss einfach die Geduld.
Andre Gründe gibt es hierfür schwerlich.
Den Verkehrsverein trifft keine Schuld.

Man begrub die kalten Herrn und Damen.
Und auch etwas Gutes war dabei:
Für die Gäste, die am Mittwoch kamen,
wurden endlich ein paar Zimmer frei.

»Bruckbeuren« – Drei Männer im Schnee

Als ich vor 25 Jahren den Roman schrieb, der ja im Grandhotel in Kitzbühel spielt, hatte ich keine Ahnung, daß nun vorm gleichen Hotel die Aufnahmen für den Film gedreht werden! Komisch geht's zu auf der Welt!

An Emil Kästner, München, 23.2.1955

Das Wintersporthotel

Das Grandhotel in Bruckbeuren ist ein Hotel für Stammgäste. Man ist schon Stammgast, oder man wird es. Andre Möglichkeiten gibt es kaum.

Dass jemand überhaupt nicht ins Grandhotel gerät, ist natürlich denkbar. Dass aber jemand ein einziges Mal hier wohnt und dann nie wieder, ist so gut wie ausgeschlossen.

So verschieden nun diese Stammgäste sein mögen, Geld haben sie alle. Jeder von ihnen kann sich's leisten, die Alpen und ein weißgekacheltes Badezimmer – das gewagte Bild sei gestattet – unter einen Hut zu bringen. Schon im Spätsommer beginnt der Briefwechsel zwischen Berlin und London, zwischen Paris und Amsterdam, zwischen Rom und Warschau, zwischen Hamburg und Prag. Man fragt bei den vorjährigen Bridgepartnern an. Man verabredet sich mit den

Grandhotel Kitzbühel

altgewohnten Freunden vom Skikurs. Und im Winter findet dann das Wiedersehen statt.

Den Stammgästen entspricht ein außerordentlich dauerhaftes Stammpersonal. Die Skilehrer bleiben selbstverständlich die gleichen. Sie leben ja immerzu in Bruckbeuren. Sie sind im Hauptberuf Bauernsöhne oder Drechsler oder Besitzer von schummrigen Läden, in denen Postkarten, Zigaretten und seltsame Reiseandenken verkauft werden.

Doch auch die Kellner und Köche, Kellermeister und Barkeeper, Chauffeure und Buchhalter, Tanzlehrer und Musiker, Stubenmädchen und Hausburschen kehren zu Beginn der Wintersaison, so gewiss wie der Schnee, aus den umliegenden Städten ins Grandhotel zurück. Nur der eigene Todesfall gilt als einigermaßen ausreichende Entschuldigung.

Der Geschäftsführer, Herr Direktor Kühne, hat seinen Posten seit zehn Jahren inne. Er zieht zwar den Aufenthalt in Gottes freier Natur dem Hotelberuf bei weitem vor. Aber hat er damit unrecht? Er ist ein vorzüglicher Skitourist. Er verschwindet nach dem Frühstück in den Bergen und kommt mit der Dämmerung zurück. Abends tanzt er mit den Damen aus Berlin, London und Paris. Er ist Junggeselle. Die Stammgäste würden ihn sehr vermissen. Er wird wohl Direktor bleiben. Mindestens solange er tanzen kann. Und vorausgesetzt, dass er nicht heiratet.

Der Hotelbetrieb funktioniert trotzdem tadellos. Das liegt an Polter, dem ersten Portier. Er liebt das Grandhotel wie sein eignes Kind. Und was das Alter anlangt, könnte er tatsächlich der Vater sein.

Er hat, außer dem tressenreichen Gehrock, einen weißen Schnurrbart, ausgebreitete Sprachkenntnisse und beachtliche Plattfüße. Sein hochentwickeltes Gerechtigkeitsgefühl hindert ihn daran, zwischen den Gästen und den Angestellten nennenswerte Unterschiede zu machen. Er ist zu beiden gleichermaßen streng.

So liegen die Dinge. – Nur die Liftboys werden des Öfteren gewechselt. Das hat nichts mit ihrem Charakter zu tun, sondern lediglich damit, dass sie, beruflich gesehen, zu rasch altern. Vierzigjährige Liftboys machen einen ungehörigen Eindruck.

Zwei Dinge sind für ein Wintersporthotel geradezu unentbehrlich: der Schnee und die Berge. Ohne beides, ja sogar schon ohne eines von beiden, ist der Gedanke, ein Wintersporthotel sein zu wollen, absurd.

Außer dem Schnee und den Bergen gehören, wenn auch weniger zwangsläufig, natürlich noch andere Gegenstände hierher. Beispielsweise ein oder mehrere Gletscher. Ein zugefrorener und möglichst einsam gelegener Gebirgssee. Mehrere stille Waldkapellen. Hochgelegene, schwer zu erreichende Almhöfe mit Stallgeruch, Liegestühlen, Schankkonzession und lohnendem Rundblick. Schweigsame, verschneite Tannenwälder, in denen dem Spaziergänger Gelegenheit geboten wird, anlässlich herunterstürzender Äste zu erschrecken. Ein zu Eis erstarrter, an einen riesigen Kristalllüster erinnernder Wasserfall. Ein anheimelndes, gut geheiztes Postamt unten im Ort. Und, wenn es sich machen lässt, eine Drahtseilbahn, die den Naturfreund bis über die Wolken hinaus auf einen strahlenden Gipfel befördert.

Dort oben verliert dann der Mensch, vor lauter Glück und Panorama, den letzten Rest von Verstand, bindet sich Bretter an die Schuhe und saust durch Harsch und Pulverschnee, über Eisbuckel und verwehte Weidezäune hinweg, mit Sprüngen, Bögen, Kehren, Stürzen und Schussfahrten zu Tale.

Unten angekommen, gehen die einen ins Wintersporthotel zum Fünfuhrtee. Die anderen bringt man zum Arzt, der die gebrochenen Gliedmaßen eingipst und die Koffer der Patienten aus dem Hotel in eine sonnig gelegene Privatklinik bringen lässt.

Erstens verdienen hierdurch die Ärzte ihren Unterhalt. Und zweitens werden Hotelzimmer für neueingetroffene Gäste frei. Natura non facit saltus.

Jene Touristen, die wohlbehalten ins Hotel zurückgekommen sind, bestellen Kaffee und Kuchen, lesen Zeitungen, schreiben Briefe, spielen Bridge und tanzen. All dies verrichten sie, ohne sich vorher umgekleidet zu haben. Sie tragen noch immer ihre blauen Norwegeranzüge, ihre Pullover, ihre Schals und die schweren, beschlagenen Stiefel. Wer gut angezogen ist, ist ein Kellner. Tritt man abends, zur Essenszeit oder noch später, in das Hotel, so wird man sich zunächst überhaupt nicht auskennen. Die Gäste sind nicht mehr dieselben. Sie heißen nur noch genauso wie vorher.

Die Herren paradieren in Fracks und Smokings. Die Damen schreiten und schweben in Abendkleidern aus Berlin, London und Paris, zeigen den offiziell zugelassenen Teil ihrer Reize und lächeln bestrickend. So mancher blonde Jüngling, den man droben am Martinskogel die Schneeschuhe wachsen sah, stellt sich, bei elektrischem Licht besehen, als aufregend schönes, bewundernswert gekleidetes Fräulein heraus.

Dieser märchenhafte Wechsel zwischen Tag und Abend, zwischen Sport und Bal paré, zwischen schneidender Schneeluft und sanftem Parfüm ist das seltsamste Erlebnis, das die Wintersporthotels dem Gast gewähren. Die lange entbehrte Natur und die nicht lange zu entbehrende Zivilisation sind in Einklang gebracht.

Es gibt Menschen, die das nicht mögen. Insofern handelt es sich um eine Frage des Geschmacks. Und es gibt Menschen, die es nicht können. Das ist eine Geldfrage.

Im Grandhotel Bruckbeuren erwartete man den telefonisch angekündigten, geheimnisvollen Multimillionär. In wenigen Stunden würde er dasein. Herr Kühne, der Direktor, hatte eine Skipartie nach dem Stiefel-Joch abgesagt. Außerordentliche Umstände verlangen ungewöhnliche Opfer. Und die Mareks, Sohn und Tochter eines böhmischen Kohlenmagnaten, waren mit Sullivan – einem englischen Kolonialoffizier, der jeden Europaurlaub in Bruckbeuren verbrachte – allein losgezogen. Ohne ihn! Ohne Karl den Kühnen, wie ihn die Stammgäste nannten! Es war schauderhaft.

Er rannte seit dem Lunch, vom Portier Polter mißbilligend betrachtet, aus einer Ecke des Hotels in die andere. Er schien allen Eifer, den er dem Unternehmen schuldig geblieben war, in einem Tag abdienen zu wollen.

Schon am frühen Morgen hatte er das gesamte Personal informiert. (Im Verandasaal, wo die Angestellten, bevor die ersten Gäste aus den Zimmern kommen, ihr Frühstück einnehmen.)

»Mal herhören!«, hatte er geäußert. »Heute Abend trifft ein ziemlich schwerer Fall ein. Ein armer Mann, der ein Preisausschreiben gewonnen hat. Dafür kriegt er von uns Kost und Logis. Andrerseits ist er aber gar kein armer Mann. Sondern ein hochgradiger Millionär. Und außerdem ein großes Kind. Nicht außerdem. Er selber ist das Kind. Aus diesem Grunde will er die Menschen kennenlernen. Einfach tierisch! Aber wir werden ihm seine Kindereien versalzen. Ist das klar?«

»Nein«, hatte der Kellermeister kategorisch erklärt. Und die anderen hatten gelacht. (…)

Karl der Kühne war versuchsweise deutlicher geworden. »Unser armer Millionär wird im Appartement 7 untergebracht. Bitte, sich das einzuprägen! Er wird fürstlich behandelt, und Nudeln und Rindfleisch mag er am liebsten. Trotzdem darf er nicht merken, dass wir wissen, wer er ist. Wissen wir ja auch nicht. Verstanden?« »Nein«, hatte Jonny, der Barmixer, geantwortet.

Der Direktor war rot angelaufen. »Damit wir uns endlich besser verstehen, schlage ich Folgendes vor: Wer Quatsch macht, fliegt ’raus!« Damit war er gegangen.

Die siamesischen Katzen trafen am Nachmittag ein. Aus einer

Münchner Tierhandlung. Express und mit einer ausführlichen Gebrauchsanweisung. Drei kleine Katzen! Sie hüpften fröhlich im Appartement 7 hin und wider, balgten sich zärtlich, tätowierten die Stubenmädchen und hatten, bereits nach einer Stunde, zwei Gardinen und einen Gobelinsessel erlegt.

Onkel Polter, der Portier, sammelte Briefmarken. Der ausgebreitete Briefwechsel der Stammgäste erleichterte dieses Amt. Schon hatte er Marken aus Java, Guinea, Kapstadt, Grönland, Barbados und Mandschukuo in der Schublade aufgestapelt.

Der Masseur war für den nächsten Vormittag bestellt. Eine Flasche Kognak, echt französisches Erzeugnis, schmückte die marmorne Nachttischplatte. Der Ziegelstein, der abends warm und, in wollene Tücher gehüllt, am Fußende des Betts liegen würde, war auch gefunden. Die Vorstellung konnte beginnen!

Missverständnisse

Der Münchner Abendschnellzug hielt in Bruckbeuren. Zirka dreißig Personen stiegen aus und versanken, völlig überrascht, bis an die Knie im Neuschnee. Sie lachten. Aus dem Gepäckwagen wurden Schrankkoffer gekippt. Der Zug fuhr weiter. Dienstleute, Hotelchauffeure und Hausburschen übernahmen das Gepäck und schleppten es auf den Bahnhofsplatz hinaus. Die Ankömmlinge stapften hinterher und kletterten vergnügt in die wartenden Autobusse und Pferdeschlitten.

Herr Johann Kesselhuth aus Berlin blickte besorgt zu einem ärmlich gekleideten älteren Mann hinüber, der einsam im tiefen Schnee stand und einen lädierten Spankorb trug. »Wollen Sie ins Grandhotel?«, fragte ein Chauffeur. Zögernd stieg Herr Kesselhuth in den Autobus. Hupen und Peitschen erklangen. Dann lag der Bahnhofsplatz wieder leer.

Nur der arme Mann stand auf dem alten Fleck. Er blickte zum Himmel auf, lächelte kindlich den glitzernden Sternen zu, holte tief Atem, hob den Spankorb auf die linke Schulter und marschierte die Dorfstraße entlang. Es gab weder Fußsteig noch Fahrweg, es gab nichts als Schnee. Zunächst versuchte der arme Mann in den breiten Reifenspuren der Autobusse zu laufen. Doch er rutschte aus. Dann steckte er den rechten Fuß in eine Schneewehe – vorsichtig, als steige er in ein womöglich zu heißes Bad – und stiefelte nun, zum Äußersten entschlossen, vorwärts. Hierbei pfiff er.

Die Straßenlaternen trugen hohe weiße Schneemützen. Die Gartenzäune waren zugeweht. Auf den verschneiten Dächern der niedrigen Gebirgshäuser lagen große Steine. Herr Schulze glaubte die Berge zu spüren, die ringsum unsichtbar in der Dunkelheit lagen. Er pfiff übrigens »Der Mai ist gekommen«.

Der arme Mann, der Volkslieder pfeifend, seinen Spankorb durch den Schnee schleppte, hatte kalte, nasse Füße. Er blieb stehen und setzte sich ächzend auf den Korb. Drüben auf dem Hügel lag ein großes schwarzes Gebäude mit zahllosen erleuchteten Fenstern. Das wird das Grandhotel sein, dachte er. Ich sollte lieber in einen kleinen verräucherten Gasthof ziehen, statt in diesen idiotischen Steinbaukasten dort oben. Dann aber fiel ihm ein, dass er ja die Menschen kennenlernen wollte. »So ein Blödsinn!«, sagte er ganz laut. »Ich kenne die Brüder doch längst.« Dann bückte er sich und machte einen Schneeball. Er hielt ihn lange in beiden Händen. Sollte er ihn nach einer Laterne werfen? Wie vor einigen Tagen die beiden Knirpse in der Lietzenburger Straße? Oder wie er selber, vor vierzig Jahren? Herr Schulze fror an den Fingern. Er ließ den kleinen weißen Schneeball unbenutzt fallen. Ich träfe ja doch nicht mehr, dachte er melancholisch.

Verspätete Skifahrer kamen vorüber. Sie strebten hügelwärts. Zum Grandhotel. Er hörte sie lachen und stand auf. Die rindsledernen Stiefel drückten. Der Spankorb war schwer. Der violette Anzug aus der Fruchtstraße kniff unter den Armen. »Ich könnte mir selber eine runterhauen«, sagte er gereizt und marschierte weiter.

Als er in das Hotel trat, standen die Skifahrer bei dem Portier, kauften Zeitungen und betrachteten ihn befremdet. Aus einem Stuhl erhob sich ein elegant gekleideter Herr. Ach nein. Das war ja Johann!

Kesselhuth näherte sich bedrückt. Flehend sah er zu dem armen Mann hin. Aber die Blicke prallten ab. Herr Schulze setzte den Spankorb nieder, drehte dem Hotel den Rücken und studierte ein Plakat, auf dem zu lesen war, dass am übernächsten Abend in sämtlichen Räumen des Grandhotels ein »Lumpenball« stattfinden werde. Da brauch ich mich wenigstens nicht erst umzuziehen, dachte er voller Genugtuung.

Die Skifahrer verschwanden polternd und stolpernd im Fahrstuhl.

Der Portier musterte die ihm dargebotene Kehrseite des armen Mannes und sagte: »Hausieren verboten!« Dann wandte er sich an Kesselhuth und fragte nach dessen Wünschen.

Kesselhuth sagte: »Ich muss ab morgen Ski fahren. Ich weiß nicht, wie man das macht. Glauben Sie, dass ich's noch lernen werde?«

»Aber natürlich!«, meinte Onkel Polter. »Das haben hier noch ganz andere gelernt. Sie nehmen am besten beim Graswander Toni Privatstunden. Da kann er sich Ihnen mehr widmen. Außerdem ist es angenehmer, als wenn Ihnen, im großen Kursus, bei dem ewigen Hinschlagen dauernd dreißig Leute zuschauen.«

Johann Kesselhuth wurde nachdenklich. »Wer schlägt hin?«, fragte er zögernd.

»Sie!« stellte der Portier fest. »Der Länge nach.«

Der Gast kniff die Augen klein. »Ist das sehr gefährlich?«

»Kaum«, meinte der Portier. »Außerdem haben wir ganz hervorragende Ärzte in Bruckbeuren! Der Sanitätsrat Doktor Zwiesel zum Beispiel ist wegen seiner Heilungen komplizierter Knochenbrüche geradezu weltberühmt. Die Beine, die in seiner Klinik waren, schauen hinterher viel schöner aus als vorher!«

»Ich bin nicht eitel«, sagte der Gast.

Hierüber musste der arme Mann, der inzwischen sämtliche Anschläge studiert hatte, laut lachen.

Dem Portier, der den Kerl vergessen hatte, trat nunmehr, Schritt für Schritt, die Galle ins Blut. »Wir kaufen nichts!«

»Sie sollen gar nichts kaufen«, bemerkte der arme Mann.

»Was wollen Sie denn dann hier?«

Der aufdringliche Mensch trat näher und sagte sonnig: »Wohnen!«

Der Portier lächelte mitleidig: »Das dürfte Ihnen um ein paar Mark zu teuer sein. Gehen Sie ins Dorf zurück, guter Mann! Dort gibt es einfache Gasthäuser mit billigen Touristenlagern.«

»Vielen Dank«, entgegnete der andere. »Ich bin kein Tourist. Sehe ich so aus? Übrigens ist das Zimmer, das ich bei Ihnen bewohnen werde, noch viel billiger.«

Der Portier blickte Herrn Kesselhuth an, schüttelte, dessen Einverständnis voraussetzend, den Kopf und sagte, gewissermaßen abschließend: »Guten Abend!«

»Na endlich!«, meinte der arme Mann. »Es wurde langsam Zeit, mich zu begrüßen. Ich hätte in diesem Hotel bessere Manieren erwartet.«

Onkel Polter wurde dunkelrot und zischte: »Hinaus! Aber sofort! Sonst lasse ich Sie expedieren!«

»Jetzt wird mir's zu bunt!«, erklärte der arme Mann entschieden. »Ich heiße Schulze und bin der zweite Gewinner des Preisausschreibens. Ich soll zehn Tage im Grandhotel Bruckbeuren kostenlos verpflegt und beherbergt werden. Hier sind die Ausweispapiere!«

Onkel Polter begann, ohne es selber zu merken, leichte Verbeugungen zu machen. Er verstand die Welt nicht mehr. Anschließend kam er hinter seiner Ladentafel hervor, stieg von seinem Podest herab, wurde auffallend klein, murmelte: »Einen Augenblick, bitte!« und trabte zum Büro, um den Direktor zu holen. Einfach tierisch! würde Kühne sagen.

Schulze und Kesselhuth waren, vorübergehend, allein. »Herr Geheimrat«, meinte Johann verzweifelt, »wollen wir nicht lieber wieder abreisen?«

Schulze war offenbar taub.

»Es ist etwas Schreckliches geschehen«, flüsterte Johann. »Stellen Sie sich vor: als ich vorhin ankam …«

»Noch ein Wort«, sagte der Geheimrat, »und ich erschlage Sie mit der bloßen Hand!« Es klang absolut überzeugend.

»Auf die Gefahr hin …«, begann Johann.

Doch da öffnete sich die Fahrstuhltür, und Herr Hagedorn trat heraus. Er steuerte auf die Portierloge zu und hielt eine Postkarte in der Hand.

»Fort mit Ihnen!«, flüsterte Schulze. Herr Kesselhuth gehorchte und setzte sich, um in der Nähe zu bleiben, an einen der Tische, die in der Halle standen. Er sah schwarz. Gleich würden der Millionär, den man hier für einen armen Teufel hielt, und der arme Mann, den man hier für einen Millionär hielt, aufeinandertreffen! Die Missverständnisse zogen sich über dem Hotel wie ein Gewitter zusammen! Der junge Mann bemerkte Herrn Schulze und machte eine zuvorkommende Verbeugung. Der andere erwiderte den stummen Gruß. Hagedorn sah sich suchend um. »Entschuldigen Sie«, sagte er dann. »Ich bin eben erst angekommen. Wissen Sie vielleicht, wo der Hotelbriefkasten ist?«

»Auch ich bin eben angekommen«, erwiderte der arme Mann. »Und der Briefkasten befindet sich hinter der zweiten Glastüre links.«

»Tatsächlich!«, rief Hagedorn, ging hinaus, warf die Karte an seine Mutter ein, kam zufrieden zurück und blieb neben dem andern stehen. »Sie haben noch kein Zimmer?«

»Nein«, entgegnete der andere. »Man scheint im Unklaren, ob man es überhaupt wagen kann, mir unter diesem bescheidenen Dach eine Unterkunft anzubieten.«

Hagedorn lächelte. »Hier ist alles möglich. Wir sind, glaube ich, in ein ausgesprochen komisches Hotel geraten.«

»Falls Sie den Begriff Komik sehr weit fassen, haben Sie recht.«

Der junge Mann betrachtete sein Gegenüber lange. Dann sagte er: »Seien Sie mir nicht allzu böse, mein Herr! Aber ich möchte für mein Leben gern raten, wie Sie heißen.«

Der andere trat einen großen Schritt zurück.

»Wenn ich beim ersten Mal daneben rate, geb ich's auf«, erklärte der junge Mann. »Ich habe aber eine so ulkige Vermutung.« Und weil der Ältere nicht antwortete, redete er weiter. »Sie heißen Schulze! Stimmt's?«

Der andere war ehrlich betroffen. »Es stimmt«, sagte er. »Ich heiße Schulze. Aber woher wissen Sie das? Wie?«

»Ich weiß noch mehr«, behauptete der junge Mann. »Sie haben den zweiten Preis der Putzblank-Werke gewonnen. Sehen Sie! Ich gehöre nämlich zu den kleinen Propheten! Und jetzt müssen Sie raten, wie ich heiße.«

Schulze dachte nach. Dann erhellte sich sein Gesicht. Er strahlte förmlich und rief: »Ich hab's! Sie heißen Hagedorn!«

»Jawohl ja«, sagte der Jüngere. »Von uns kann man lernen.«

Sie lachten und schüttelten einander die Hand.

Schulze setzte sich auf seinen Spankorb und bot auch Hagedorn ein Plätzchen an. So saßen sie, im trauten Verein, und gerieten umgehend in ein profundes Gespräch über Reklame. Und zwar über die Wirkungsgrenze origineller Formulierungen. Es war, als kennten sie einander bereits seit Jahren.

Herr Johannes Kesselhuth, der sich eine Zeitung vors Gesicht hielt, um an dem Blatt vorbeischauen zu können, staunte. Dann fing er an, einen Plan zu schmieden. Und schließlich begab er sich mit dem Lift ins zweite Stockwerk, um zunächst sein Zimmer, mit Bad und Balkon, kennenzulernen und die Koffer auszupacken.

Damit die neuen Anzüge nicht knitterten.

Als Kühne und Polter, nach eingehender Beratung, die Halle durchquerten, saßen die beiden Preisträger noch immer auf dem durchnässten, altersschwachen Spankorb und unterhielten sich voll Feuer. Der Portier erstarrte zur Salzsäule und hielt den Direktor am Smoking fest.

»Da!«, stieß er hervor. »Sehen Sie sich das an! Unser verkappter Millionär mit Herrn Schulze als Denkmal! Als Goethe und Schiller!«

»Einfach tierisch!«, behauptete Karl der Kühne. »Das hat uns noch gefehlt! Ich transportiere den Schulze in die leerstehende Mädchenkammer. Und Sie deuten dem kleinen Millionär an, wie peinlich es uns ist, dass er ausgerechnet in unserem Hotel einen richtiggehend armen Mann kennenlernen musste. Dass wir den Schulze nicht einfach hinausschmeißen können, wird er einsehen. Immerhin, vielleicht geht der Bursche morgen oder übermorgen freiwillig. Hoffentlich! Er vergrault uns sonst die anderen Stammgäste!«

»Der Herr Doktor Hagedorn ist noch ein Kind«, sagte der Portier nicht ohne Strenge. »Das Fräulein, das aus Berlin anrief, hat recht gehabt. Bringen Sie schnell den Schulze außer Sehweite! Bevor die Gäste aus den Speisesälen kommen.« Sie gingen weiter.

»Willkommen!«, sagte Direktor Kühne zu Herrn Schulze. »Darf ich Ihnen Ihr Zimmer zeigen?« Die beiden Preisträger erhoben sich. Schulze ergriff den Spankorb. Hagedorn sah Schulze freundlich an. »Lieber Herr Schulze, ich sehe Sie doch noch?«

Der Direktor griff ein. »Herr Schulze wird von der langen Reise müde sein«, behauptete er.

»Da irren Sie sich aber ganz gewaltig«, meinte Schulze. Und zu Hagedorn sagte er: »Lieber Hagedorn, wir sehen uns noch.« Dann folgte er dem Direktor zum Lift. (...)

Im vierten Stock stiegen Schulze und Karl der Kühne aus. Denn die Liftanlage reichte nur bis hierher.

Sie kletterten zu Fuß ins fünfte Stockwerk und wanderten dann einen langen, schmalen Korridor entlang. An dessen äußerstem Ende sperrte der Direktor eine Tür auf, drehte das Licht an und sagte: »Das Hotel ist nämlich vollständig besetzt.«

»Drum«, meinte Schulze und blickte, fürs Erste fassungslos, in das aus Bett, Tisch, Stuhl, Waschtisch und schiefen Wänden bestehende Kämmerchen. »Kleinere Zimmer haben Sie nicht?«

»Leider nein«, sagte der Direktor.

Schulze setzte den Spankorb nieder. »Schön kalt ist es hier!«

»Die Zentralheizung geht nur bis zum vierten Stock. Und für einen Ofen ist kein Platz.«

»Das glaube ich gern«, sagte der arme Mann. »Glücklicherweise hat mir der Arzt streng verboten, in geheizten Räumen zu schlafen. Ich danke Ihnen für Ihre ahnungsvolle Rücksichtnahme.«

»Oh, bitte sehr«, erwiderte Kühne und biss sich auf die Unterlippe. »Man tut, was man kann.«

»Die übrige Zeit werde ich mich nun freilich völlig in den Gesellschaftsräumen aufhalten müssen«, meinte Herr Schulze. »Denn zum Erfrieren bin ich natürlich nicht hergekommen.«

Karl der Kühne sagte: »Sobald ein heizbares Zimmer frei wird, quartieren wir Sie um!«

»Es hat keine Eile«, meinte der arme Mann versöhnlich. »Ich liebe schiefe Wände über alles. Die Macht der Gewohnheit, verstehen Sie?«

»Ich verstehe vollkommen«, antwortete der Direktor. »Ich bin glücklich, Ihren Geschmack getroffen zu haben.«

»Wahrhaftig«, sagte Schulze. »Das ist Ihnen gelungen. Auf Wiedersehen!« Er öffnete die Tür. Während der Direktor über die Schwelle schritt, überlegte sich Schulze, ob er ihm mit einem wohlgezielten Tritt nachhelfen sollte.

Er beherrschte sich aber, schloss die Tür, öffnete das Dachfenster und sah zum Himmel hinauf. Große Schneeflocken sanken in die kleine Kammer und setzten sich behutsam auf die Bettdecke.

»Der Tritt wäre verfrüht«, sagte Geheimrat Tobler. »Der Tritt kommt in die Sparbüchse.«

Auf der Treppe traf Hagedorn Herrn Schulze. »Ich friere wie ein Schneider«, sagte Schulze. »Ist Ihr Zimmer auch ungeheizt?«

»Aber nein«, meinte Hagedorn. »Wollen Sie sich bei mir einmal umschauen? Ich muss eine Karte nach Hause schreiben. Ich habe eben ein unglaubliches Erlebnis gehabt. Raten Sie! Nein, darauf kommt keiner. Also denken Sie an: Ich habe eben mit einem Herrn gesprochen, der den alten Tobler persönlich kennt! Der jeden Tag mit ihm zusammen ist! Was sagen Sie dazu?«

»Man sollte es nicht für möglich halten«, behauptete Schulze und folgte dem jungen Mann ins erste Stockwerk.

Hagedorn schaltete das elektrische Licht ein.

Schulze glaubte zu träumen.

Er erblickte einen Salon, ein Schlafzimmer und ein gekacheltes Bad.

Was soll denn das heißen? dachte er. So viel besser ist ja nun seine Lösung des Preisausschreibens nicht, dass man mir die Bruchbude unterm Dach angedreht hat und ihm so 'ne Zimmerflucht.

»Trinken Sie einen Schnaps?«, fragte der junge Mann. Er schenkte französischen Kognak ein. Sie stießen an und sagten: »Prost!«

Da klopfte es. Hagedorn rief: »Herein!«

Es erschien ein Zimmermädchen. »Ich wollte nur fragen, ob der Herr Doktor schon schlafen gehen. Es ist wegen des Ziegelsteins.«

Hagedorn runzelte die Stirn. »Weswegen?«

»Wegen des Ziegelsteins«, wiederholte das Mädchen. »Ich möchte ihn nicht zu früh ins Bett tun, damit er nicht auskühlt.«

»Verstehen Sie das?«, fragte Hagedorn.

»Noch nicht ganz«, erwiderte Schulze. Und zu dem Mädchen sagte er: »Der Herr Doktor geht noch nicht schlafen. Bringen Sie Ihren Ziegelstein später!«

Das Mädchen ging. Hagedorn sank verstört in einen Klubsessel. »Haben Sie auch ein Zimmermädchen mit geheizten Ziegelsteinen?«

»Keineswegs«, meinte Schulze. »Französischen Kognak übrigens auch nicht.« Er grübelte.

»Auch keine siamesischen Katzen?«, fragte der andere und zeigte auf ein Körbchen.

Schulze griff sich an die Stirn. Dann ging er in die Kniebeuge und betrachtete die drei kleinen schlafenden Tiere. Dabei kippte er um und setzte sich auf den Perserteppich. Ein Kätzchen erwachte, reckte sich, stieg aus dem Korb und nahm auf Schulzes violetter Hose Platz.

Hagedorn schrieb die Karte an seine Mutter.

Schulze legte sich auf den Bauch und spielte mit der kleinen Katze. Dann wurde die zweite wach, schaute anfangs faul über den Rand des Korbes, kam dann aber nach längerer Überlegung ebenfalls auf den Teppich spaziert. Schulze hatte alle Hände voll zu tun.

Hagedorn sah flüchtig von seiner Karte hoch, lächelte und sagte: »Vorsicht! Lassen Sie sich nicht kratzen!«

»Keine Sorge«, erklärte der Mann auf dem Teppich. »Ich verstehe mit so etwas umzugehen.« Die zwei Katzen spielten auf dem älteren Herrn Haschen. Wenn er sie festhielt, schnurrten sie vor Wonne. ›Ich fühle mich wie zu Hause‹, dachte er. Und nachdem er das gedacht hatte, ging ihm ein großes Licht auf.

Als die beiden miteinander durch die Halle gingen, war die Empörung groß. Das Publikum fand sich brüskiert. Wie konnte der geheimnisvolle Millionär mit dem einzigen armen Teufel, den das Hotel zu bieten hatte, gemeinsame Sache machen! So realistisch brauchte er seine Rolle wirklich nicht zu spielen!

»Einfach tierisch!« sagte Karl der Kühne, der beim Portier stand. »Dieser Schulze! Das ist das Letzte!«

»Die Casparius und die Mallebré machen schon Jagd auf den Kleinen«, erzählte Onkel Polter. »Er könnte es haben wie in Abrahams Schoß!«

»Der Vergleich stimmt nur teilweise«, meinte der Direktor. (Er neigte gelegentlich zur Pedanterie.)

»Ich sehe schon«, sagte der Portier, »ich werde für Herrn Schulze eine kleine Nebenbeschäftigung erfinden müssen. Sonst geht er dem Millionär nicht von der Seite.«

»Vielleicht reist er bald wieder ab«, bemerkte Herr Kühne. »Die Dachkammer, die wir ihm ausgesucht haben, wird ihm auf die Dauer kaum zusagen. Dort oben hat es noch kein Stubenmädchen und kein Hausdiener ausgehalten.«

Onkel Polter kannte die Menschen besser. Er schüttelte das Haupt. »Sie irren sich. Schulze bleibt. Schulze ist ein Dickkopf.«

Der Hoteldirektor folgte den beiden seltsamen Gästen in die Bar.

Die Kapelle spielte. Etliche elegante Paare tanzten. Sullivan, der Kolonialoffizier, trank den Whisky aus alter Gewohnheit pur und war bereits hinüber. Er hing auf seinem Barhocker, stierte vor sich hin und schien Bruckbeuren mit einer nordindischen Militärstation zu verwechseln.

»Darf ich vorstellen?«, fragte Hagedorn. Und dann machte er Geheimrat Tobler und Johann, dessen Diener, miteinander bekannt. Man nahm Platz. Herr Kesselhuth bestellte eine Runde Kognak.

Schulze lehnte sich bequem zurück, betrachtete, gerührt und spöttisch zugleich, das altvertraute Gesicht und sagte: »Dr. Hagedorn erzählte mir eben, dass Sie den Geheimrat Tobler kennen.«

Herr Kesselhuth war nicht mehr ganz nüchtern. Er hatte nicht des Alkohols wegen getrunken. Aber er war ein gewissenhafter Mensch und hatte nicht vergessen, dass er täglich mindestens hundert Mark ausgeben musste. »Ich kenne den Geheimrat sogar ausgezeichnet«, erklärte er und blinzelte vergnügt zu Schulze hinüber. »Wir sind fast dauernd zusammen!«

»Sie sind vermutlich Geschäftsfreunde?«, fragte Schulze.

»Vermutlich?«, sagte Kesselhuth großartig. »Erlauben Sie mal! Mir gehört eine gutgehende Schifffahrtslinie! Wir sitzen zusammen im Aufsichtsrat. Direkt nebeneinander!«

»Donnerwetter!«, rief Schulze. »Welche Linie ist das denn?«

»Darüber möchte ich nicht sprechen«, sagte Kesselhuth vornehm. »Aber es ist nicht die kleinste, mein Herr!«

Sie tranken. Hagedorn setzte sein Glas nieder, zog die Oberlippe hoch und meinte: »Ich verstehe nichts von Schnaps. Aber der Kognak schmeckt, wenn ich nicht irre, nach Seife.«

»Das muss er tun«, erklärte Schulze. »Sonst taugt er nichts.«

»Wir könnten ja auch etwas anderes trinken«, sagte Kesselhuth. »Herr Ober, was schmeckt bei Ihnen nicht nach Seife?«

Es war aber gar nicht der Kellner, der an den Tisch getreten war, sondern der Hoteldirektor. Er fragte den jungen Mann, ob ihm die Zimmer gefielen.

»Doch, doch«, sagte Hagedorn, »bin so weit ganz zufrieden.«

Herr Kühne behauptete, dass er sich glücklich schätze. Dann winkte er; und Jonny und ein Kellner brachten einen Eiskübel mit einer Flasche Champagner und zwei Gläser. »Ein kleiner Begrüßungsschluck«, sagte der Hoteldirektor lächelnd.

»Und ich kriege kein Glas?«, fragte Schulze unschuldsvoll. Kühne lief rot an. Der Kellner brachte ein drittes Glas und goss ein.

Der Versuch, Schulze zu ignorieren, war misslungen.

Schulze drückte die Zigarre aus und sagte: »Meine Herren, Silentium! Ich erlaube mir, eine Frage an Sie zu richten, die Sie verblüffen wird. Und die Frage lautet: Wozu sind wir nach Bruckbeuren gekommen? Etwa in der Absicht, uns zu betrinken?«

»Es scheint so«, bemerkte Kesselhuth und kicherte.

»Wer dagegen ist, bleibt sitzen!«, sagte Schulze. »Zum Ersten! Zum Zweiten! Zum – Dritten!«

»Einstimmig angenommen«, meinte Hagedorn.

Schulze fuhr fort: »Wir sind also nicht hierhergekommen, um zu trinken.«

Kesselhuth hob die Hand und sagte: »Nicht nur, Herr Lehrer!«

»Und so fordere ich die Anwesenden auf«, erklärte Schulze, »sich von den Plätzen zu erheben und mir in die Natur zu folgen.«

Sie erhoben sich mühsam und gingen, leise schwankend, aus dem Hotel hinaus. Die klare, kalte Gebirgsluft verschlug ihnen den Atem. Sie standen verwundert im tiefen Schnee. Über ihnen wölbte sich die dunkelblaue, mit goldenen und grünen, silbernen und rötlichen Brillantsplittern übersäte Riesenkuppel des Sternhimmels. Am Mond zog ein verlassenes weißes Wölkchen vorüber.

Sie schwiegen minutenlang. Aus dem Hotel klang ferne Tanzmusik. Herr Kesselhuth räusperte sich und sagte: »Morgen wird's schön.«

Männer neigen ergreifenden Eindrücken gegenüber zur Verlegenheit. So kam es, dass Hagedorn erklärte: »So, meine Herrschaften! Jetzt machen wir einen großen Schneemann!«

Und Schulze rief: »Ein Hundsfott, wer sich weigert! Marsch, marsch!«

Anschließend setzte eine rege Tätigkeit ein. Baumaterial war ja genügend vorhanden. Sie buken und kneteten eine Kugel, rollten sie kreuz und quer durch den Schnee, klatschten fanatisch auf ihr herum, deformierten sie ins Zylindrische, rollten den unaufhörlich wachsenden Block noch einige Male hin und her und stellten ihn schließlich, als er ausreichend imposant erschien, vor die kleinen Silbertannen, die gegenüber vom Hoteleingang, jenseits des Fahrweges, den Park flankierten.

Die drei Männer schwitzten. Aber sie waren unerbittlich und begannen nun den zweiten Teil des Schneemannes, seinen Rumpf, zu bilden. Der Schnee wurde knapp. Sie drangen in den Park vor. Die Tannenbäume stachen mit Nadeln nach den erhitzten Gesichtern.

Schließlich war auch der Rumpf fertig, und schwer atmend hoben sie ihn auf den Schneesockel hinauf. Es gelang ohne größere Zwischenfälle. Herr Kesselhuth fiel allerdings hin und sagte: »Der teure Smoking!« Aber es focht ihn nicht weiter an. Wenn erwachsene Männer etwas vorhaben, dann setzen sie es durch. Sogar im Smoking.

Schließlich kam auch ein Kopf zustande. Er wurde auf den Rumpf gepflanzt. Dann traten sie ehrfurchtsvoll einige Schritte zurück und bewunderten ihr Werk.

»Der Gute hat leider einen Eierkopf«, stellte Schulze fest.

»Das macht nichts«, sagte Hagedorn. »Wir nennen ihn ganz einfach Kasimir. Wer Kasimir heißt, kann sich das leisten.« Es erhob sich kein Widerspruch.

Dann zückte Schulze ein Taschenmesser und wollte sich die Knöpfe vom violetten Anzug schneiden, um sie Kasimir in den Schneebauch zu drücken. Aber Herr Kesselhuth ließ es nicht zu und erklärte, das gehe keinesfalls. Deshalb nahm Hagedorn Herrn Schulze das Messer weg, schnitt mehrere Tannenzweige ab und besetzte Kasimirs Brust damit, bis er wie ein Gardehusar aussah.

»Kriegt er keine Arme?«, fragte Kesselhuth.

»O nein«, sagte Dr. Hagedorn. »Kasimir ist ein Torso!«

Dann verliehen sie ihm ein Gesicht. Als Nase verwandten sie eine Streichholzschachtel. Der Mund wurde von kurzen Zweigstücken dargestellt. Und als Augen benutzten sie Baumrinde.

Kesselhuth bemerkte kritisch: »Kasimir braucht einen Tschako, damit man seine Glatze nicht sieht.«

»Sie sind ein grauenhafter Naturalist«, sagte Schulze empört. »Wenn Sie Bildhauer geworden wären, hätten Sie Ihren Plastiken Perücken aufgesetzt!«

»Ich besorge morgen früh aus der Küche einen Konfitüreneimer«, versprach Hagedorn. »Den setzen wir unserem Liebling verkehrt auf. Da kann er den Henkel gleich als Kinnkette benutzen.« Der Vorschlag wurde gebilligt und angenommen.

»Kasimir ist ein schöner, stattlicher Mensch«, meinte Schulze hingerissen.

»Kunststück«, rief Kesselhuth. »Er hat ja auch drei Väter!«

»Zweifellos einer der beachtlichsten Schneemänner, die je gelebt haben«, sagte Hagedorn. »Das ist meine ehrliche Überzeugung.«

Drei Männer im Schnee (1955, Regie: Kurt Hoffmann).
Günther Lüders als Diener Johann alias Herr Kesselhuth

Dann riefen sie im Chor: »Gute Nacht, Kasimir!«

Und der Schneemann antwortete ganz laut: »Gute Nacht, meine Herren.«

Es war aber gar nicht der Schneemann, sondern ein Gast aus dem ersten Stock, der wegen des Lärms vor dem Hotel nicht hatte einschlafen können. Wütend knallte er das Fenster zu.

Und die drei Väter Kasimirs gingen auf den Zehenspitzen ins Haus.

Früh gegen sieben Uhr polterten die ersten Gäste aus ihren Zimmern. Es klang, als marschierten Kolonnen von Tiefseetauchern durch die Korridore.

Der Frühstückssaal hallte wider von den Gesprächen und vom Gelächter hungriger, gesunder Menschen. Die Kellner balancierten üppig beladene Tabletts. Später schleppten sie Lunchpakete herbei und überreichten sie den Gästen, die erst am Nachmittag von größeren Skitouren zurückkehren wollten.

Heute zog auch Hoteldirektor Kühne wieder in die Berge. Als er, gestiefelt und gespornt, beim Portier vorüberkam, sagte er: »Herr Polter, sehen Sie zu, dass dieser Schulze keinen Quatsch macht! Der Kerl ist heimtückisch. Seine Ohrläppchen sind angewachsen. Und kümmern Sie sich um den kleinen Millionär!«

»Wie ein Vater«, erklärte Onkel Polter ernst. »Und dem Schulze werde ich irgendeine Nebenbeschäftigung verpassen. Damit er nicht übermütig wird.«

Karl der Kühne musterte das Barometer. »Ich bin vor dem Diner wieder da.« Fort war er.

»Na, wenn schon«, sagte der Portier und sortierte anschließend die Frühpost.

Herr Kesselhuth saß noch in der Wanne, als es klopfte. Er meldete sich nicht. Denn er hatte Seife in den Augen. Und Kopfschmerzen hatte er außerdem. »Das kommt vom Saufen«, sprach er zu sich selber. Und dann ließ er sich kaltes Wasser übers Genick laufen.

Da wurde die Badezimmertür geöffnet, und ein wilder, lockiger Gebirgsbewohner trat ein. »Guten Morgen wünsch ich«, erklärte er. »Entschuldigen Sie, bittschön. Aber ich bin der Graswander Tom.«

»Da kann man nichts machen«, sagte der nackte Mann in der Wanne. »Wie geht's?«

»Danke der Nachfrage. Es geht.«

»Das freut mich«, versicherte Kesselhuth in gewinnender Manier. »Und worum handelt sich's? Wollen Sie mir den Rücken abseifen?«

Anton Graswander zuckte die Achseln. »Schon, schon. Aber eigentlich komm ich wegen dem Skiunterricht.«

»Ach so!«, rief Kesselhuth. Dann steckte er einen Fuß aus dem Wasser, bearbeitete ihn mit Bürste und Seife und fragte: »Wollen wir mit dem Skifahren nicht lieber warten, bis ich abgetrocknet bin?«

Der Toni sagte: »Please, Sir!« Er war ein internationaler Skilehrer. »Ich warte drunten in der Halle. Ich hab dem Herrn ein Paar Bretteln mitgebracht. Prima Eschenholz.« Dann ging er wieder.

Auch Hagedorns morgendlicher Schlummer erlitt eine Störung. Er träumte, dass ihn jemand rüttele und schüttele, und rollte sich gekränkt auf die andre Seite des breiten Betts. Aber der Jemand ließ sich nicht entmutigen. Er wanderte um das Bett herum, schlug die Steppdecke zurück, zog ihm den Pyjama vom Leibe, goss aus einer Flasche kühles Öl auf den Rücken des Schläfers und begann ihn mit riesigen Händen zu kneten und zu beklopfen.

»Lassen Sie den Blödsinn!«, murmelte Hagedorn und haschte vergeblich nach der Decke. Dann lachte er plötzlich und rief: »Nicht kitzeln!« Endlich wachte er ein wenig auf, drehte den Kopf zur Seite, bemerkte einen großen Mann mit aufgerollten Hemdsärmeln und fragte erbost: »Sind Sie des Teufels, Herr?«

»Nein, der Masseur«, sagte der Fremde. »Ich bin bestellt. Mein Name ist Masseur Stünzner.«

»Ist Masseur Ihr Vorname?«, fragte der junge Mann.

»Eher der Beruf«, antwortete der andre und verstärkte seine handgreiflichen Bemühungen. Es schien nicht ratsam, Herrn Stünzner zu reizen. Ich bin in seiner Gewalt, dachte der junge Mann. Er ist ein jähzorniger Masseur. Wenn ich ihn kränke, massiert er mich in Grund und Boden.

Alle Knochen taten ihm weh. Und das sollte gesund sein?

Geheimrat Tobler wurde nicht geweckt. Er schlief, in seinen uralten warmen Mantel gehüllt, turmhoch über allem irdischen Lärm. Fern von Masseuren und Skilehrern. Doch als er erwachte, war es noch dunkel.

Er blieb lange Zeit, im friedlichen Halbschlummer, liegen. Und er wunderte sich, in regelmäßigen Abständen, dass es nicht heller wurde.

Endlich kletterte er aus dem Bett und blickte auf die Taschenuhr. Die Leuchtziffern teilten mit, dass es zehn Uhr sei.

Offensichtlich eine Art Sonnenfinsternis, dachte er und ging kurz entschlossen wieder ins Bett. Es war hundekalt im Zimmer.

Aber er konnte nicht wieder einschlafen. Und, vor sich hindösend, kam ihm eine Idee. Er stieg wieder aus dem Bett heraus, zündete ein Streichholz an und betrachtete das nahezu waagrechte Dachfenster. Das Fenster lag voller Schnee. Das ist also die Sonnenfinsternis! dachte er. Er stemmte das Fenster hoch. Der größere Teil des auf dem Fenster liegenden, über Nacht gefallenen Schnees prasselte das Dach hinab. Der Rest, es waren immerhin einige Kilo, fiel in und auf Toblers Pantoffeln.

Er schimpfte. Aber es klang nicht sehr überzeugend.

Draußen schien die Sonne. Sie drang wärmend in die erstarrte Kammer. Herr Geheimrat Tobler zog den alten Mantel aus, stellte sich auf den Stuhl, steckte den Kopf durchs Fenster und nahm ein Sonnenbad. Die Nähe und der Horizont waren mit eisig glänzenden Berggipfeln und rosa schimmernden Felsschroffen angefüllt.

Schließlich stieg er wieder vom Stuhl herunter, wusch und rasierte sich, zog den violetten Anzug an, umgürtete die langen Hosenbeine mit einem Paar Wickelgamaschen, das aus dem Weltkrieg stammte, und ging in den Frühstückssaal hinunter.

Hier traf er Hagedorn. Sie begrüßten einander aufs Herzlichste. Und der junge Mann sagte: »Herr Kesselhuth ist schon auf der Skiwiese.« Dann frühstückten sie gründlich.

Durch die großen Fenster blickte man in den Park. Die Bäume und Büsche sahen aus, als ob auf ihren Zweigen Schnee blühe, genau wie Blumen blühen. Darüber erhoben sich die Kämme und Gipfel der winterlichen Alpen. Und über allem, hoch oben, strahlte wolkenloser, tiefblauer Himmel.

»Es ist so schön, dass man aus der Haut fahren könnte!«, sagte Hagedorn. »Was unternehmen wir heute?«

»Wir gehen spazieren«, meinte Schulze. »Es ist vollkommen gleichgültig, wohin.« Er breitete sehnsüchtig die Arme aus. Die zu kurzen Ärmel rutschten vor Schreck bis an die Ellbogen. Dann sagte er: »Ich warne Sie nur vor einem: Wagen Sie es nicht, mir unterwegs mitzuteilen, wie die einzelnen Berge heißen!«

Hagedorn lachte. »Keine Sorge, Schulze! Mir geht's wie Ihnen. Man soll die Schönheit nicht duzen!«

»Die Frauen ausgenommen«, erklärte Schulze aufs entschiedenste.

»Wie Sie wünschen!«, sagte der junge Mann. Dann bat er einen Kellner, er möge ihm doch aus der Küche einen großen leeren Marmeladeneimer besorgen. Der Kellner führte den merkwürdigen Auftrag aus, und die beiden Preisträger brachen auf.

Onkel Polter überlief eine Gänsehaut, als er Schulzes Wickelgamaschen erblickte. Auch über Hagedorns Marmeladeneimer konnte er sich nicht freuen. Es sah aus, als ob zwei erwachsene Männer fortgingen, um im Sand zu spielen.

Sie traten aus dem Hotel. »Kasimir ist über Nacht noch schöner geworden!«, rief Hagedorn begeistert aus, lief zu dem Schneemann hinüber, stellte sich auf die Zehenspitzen und stülpte ihm den goldgelben Marmeladeneimer aufs Haupt.

Dann übte er, schmerzverzogenen Gesichts, Schulterrollen und sagte: »Dieser Stünzner hat mich völlig zugrunde gerichtet!«

»Welcher Stünzner?« fragte Schulze.

»Der Masseur Stünzner«, erklärte Hagedorn. »Ich komme mir vor, als hätte man mich durch eine Wringmaschine gedreht. Und das soll gesund sein? Das ist vorsätzliche Körperverletzung!«

»Es ist trotzdem gesund«, behauptete Schulze.

»Wenn er übermorgen wiederkommt«, sagte Hagedorn, »schicke ich ihn in Ihre Rumpelkammer. Soll er sich bei Ihnen austoben!« Da öffnete sich die Hoteltür, und Onkel Polter stapfte durch den Schnee. »Hier ist ein Brief, Herr Doktor. Und in dem anderen Kuvert sind ein paar ausländische Briefmarken.«

»Danke schön«, sagte der junge Mann. »Oh, ein Brief von meiner Mutter! Wie gefällt Ihnen übrigens Kasimir?«

»Darüber möchte ich mich lieber nicht äußern«, erwiderte der Portier.

»Erlauben Sie mal!«, rief der junge Mann. »Kasimir gilt unter Fachleuten für den schönsten Schneemann zu Wasser und zu Lande!«

»Ach so«, sagte Onkel Polter. »Ich dachte, Kasimir sei der Vorname von Herrn Schulze.« Er verbeugte sich leicht und ging zur Hoteltür zurück. Dort drehte er sich noch einmal um. »Von Schneemännern verstehe ich nichts.«

Sie folgten einem Weg, der über verschneites, freies Gelände führte. Später kamen sie in einen Tannenwald und mussten steigen. Die Bäume waren uralt und riesengroß. Manchmal löste sich die schwere Schneelast von einem der Zweige und stäubte in dichten weißen Wolken auf die zwei Männer herab, die schweigend durch die märchenhafte Stille spazierten. Der Sonnenschein, der streifig über dem Bergpfad schwebte, sah aus, als habe ihn eine gütige Fee gekämmt. Als sie einer Bank begegneten, machten sie halt. Hagedorn schob den Schnee beiseite, und sie setzten sich. Ein schwarzes Eichhörnchen lief eilig über den Weg.

Nach einer Weile erhoben sie sich wortlos und gingen weiter. Der Wald war zu Ende. Sie gerieten auf freies Feld. Ihr Pfad schien im Himmel zu münden. In Wirklichkeit bog er rechts ab und führte zu einem baumlosen Hügel, auf dem sich zwei schwarze Punkte bewegten.

Hagedorn sagte: »Ich bin glücklich! Bis weit über die Grenzen des Erlaubten!« Er schüttelte befremdet den Kopf. »Wenn man's so bedenkt: Vorgestern noch in Berlin. Seit Jahren ohne Arbeit. Und in vierzehn Tagen wieder in Berlin ...«

»Glücklichsein ist keine Schande«, sagte Schulze, »sondern eine Seltenheit.«

Plötzlich entfernte sich der eine der schwarzen Punkte von dem anderen. Der Abstand wuchs. Der Punkt wuchs auch. Es war ein Skifahrer. Er kam mit unheimlicher Geschwindigkeit näher und hielt sich mit Mühe aufrecht.

»Da gehen jemandem die Schneeschuhe durch«, meinte Hagedorn. Ungefähr zwanzig Meter von ihnen tat der Skifahrer einen marionettenhaften Sprung, stürzte kopfüber in eine Schneewehe und war verschwunden.

»Spielen wir ein bisschen Feuerwehr!«, rief Schulze. Dann liefen sie querfeldein, versanken wiederholt bis an die Hüften im Schnee und halfen einander, so gut es ging, vorwärts.

Endlich erblickten sie ein Paar zappelnde Beine und ein Paar Skibretter und zogen und zerrten an dem fremden Herrn, bis er, dem Schneemann Kasimir nicht unähnlich, zum Vorschein kam. Er hustete und prustete, spuckte pfundweise Schnee aus und sagte dann tieftraurig: »Guten Morgen, meine Herren.« Es war Johann Kesselhuth. Herr Schulze lachte Tränen. Doktor Hagedorn klopfte den Schnee vom Anzug des Verunglückten. Und Kesselhuth befühlte misstrauisch seine Gliedmaßen. »Ich bin anscheinend noch ganz«, meinte er dann.

»Weshalb sind Sie denn in diesem Tempo den Hang heruntergefahren?«, fragte Schulze.

Kesselhuth sagte ärgerlich: »Die Bretter sind gefahren. Ich doch nicht!«

Nun kam auch der Graswander Toni angesaust. Er fuhr einen eleganten Bogen und blieb mit einem Ruck stehen. »Aber, mein Herr!«, rief er. »Schussfahren kommt doch erst in der fünften Stunde dran!«

Eisbahn und Sonnenterrasse

Hagedorn, der im Spielsalon, im Spielzimmer, in der Bar, in der Bibliothek und sogar auf der Kegelbahn gesucht hatte, wusste sich keinen Rat mehr. Das Hotel lag wie ausgestorben. Die Gäste waren noch in den Bergen. Er ging in die Halle und fragte den Portier, ob er eine Ahnung habe, wo Herr Schulze stecke.

»Er ist auf der Eisbahn, Herr Doktor«, sagte Onkel Polter. »Hinterm Haus.«

Der junge Mann verließ das Hotel. Die Sonne ging unter. Es schimmerten nur noch die höchsten Gipfel. – Die Eisbahn befand sich auf dem Tennisgelände. Aber es lief niemand Schlittschuh. Die Eisfläche war hoch mit Schnee bedeckt. Am anderen Ende der Bahn schippten zwei Männer. Hagedorn hörte sie reden und lachen. Er ging an dem hohen Drahtgitter entlang, um den Platz herum. Als er nahe genug war, rief er: »Entschuldigen Sie, haben Sie einen großen Herrn gesehen, der Schlittschuh laufen wollte?«

Einer der beiden Arbeiter rief laut zurück: »Jawohl, mein Lieber! Der große ältere Herr schippt Schnee!«

»Schulze?«, fragte Hagedorn. »Sind Sie's wirklich? Ihnen ist wohl die Sicherung durchgebrannt?«

»Keineswegs!«, antwortete Schulze heiter. »Ich treibe Ausgleichsgymnastik!« Er hatte die rote Pudelmütze auf dem Kopf sitzen, trug die schwarzen Ohrenklappen, die dicken Strickhandschuhe und zwei Paar Pulswärmer. »Der Portier hat mich als technische Nothilfe eingesetzt.«

Hagedorn betrat, tastenden Schritts, die gekehrte Eisfläche und lief vorsichtig zu den beiden Männern hinüber.

Schulze schüttelte ihm die Hand.

»Aber das gibt's doch gar nicht«, meinte der junge Mann verstört. »So eine Unverschämtheit! Das Hotel hat doch Angestellte genug!«

Sepp, Gärtner und Skihallenwächter, spuckte in die Hände, schippte weiter und sagte: »Freilich hat es das. Es dürfte eine Schikane sein.«

»Ich kann das nicht finden«, erklärte Schulze. »Der Portier ist um meine Gesundheit besorgt.«

»Kommen Sie sofort hier weg!«, sagte Hagedorn. »Ich werde den Kerl ohrfeigen, bis er weiße Mäuse sieht!«

»Mein Lieber«, sagte Schulze. »Ich bitte Sie noch einmal, sich nicht in diese Angelegenheit hineinzumischen.«

»Ist noch eine Schippe da?«, fragte der junge Mann.

»Das schon«, meinte der Sepp. »Aber der halbe Platz ist gekehrt. Das andere schaff ich allein. Gehen S' jausen, Herr Schulze!«

»War ich sehr im Wege?«, fragte der ältere Herr schüchtern.

Der Sepp lachte. »Leicht! Studiert haben S' nicht auf das Schippen.«

Schulze lachte auch. Er verabschiedete sich kollegial, drückte dem Einheimischen ein paar Groschen in die Hand, lehnte sein Handwerkszeug ans Gitter und ging mit Hagedorn durch den Park ins Hotel zurück.

»Morgen lauf ich Schlittschuh«, sagte er. »Aber vielleicht kann ich's gar nicht mehr. Zu dumm, dass keine Wärmebude da ist. Das war immer das Schönste am Eislaufen.«

Am nächsten Morgen frühstückten die drei Männer gemeinsam. Der Tag war noch schöner als der vorige. Es hatte nachts nicht geschneit. Die Luft war frostklar. Die Sonne malte tiefblaue Schatten in den Schnee. Und der Oberkellner teilte mit, dass soeben vom Wolkenstein herrlichste Fernsicht gemeldet worden sei. Die Gäste wimmelten im Frühstückssaal wie ein Nomadenstamm, der zur Völkerwanderung aufbricht.

»Was unternimmt man heute?«, fragte Schulze. Dann holte er, mit gespielter Umständlichkeit, eine Zigarre hervor, zündete sie an und musterte, über das brennende Streichholz hinweg, den edlen Spender.

Johann wurde rot. Er griff in die Tasche und legte drei Billetts auf den Tisch. »Wenn es Ihnen recht ist«, sagte er, »fahren wir mit der Drahtseilbahn auf den Wolkenstein. Ich habe mir erlaubt, Fahr- und

Seilbahn auf den Hahnenkamm alias »Wolkenstein«. EK an Ida Kästner, 30. 1. 1932

Platzkarten zu besorgen. Der Andrang ist sehr groß. In einer halben Stunde sind wir dran. Allein möchte ich nicht fahren. Haben Sie Lust mitzukommen? Mittags muss ich allerdings wieder zurück. Wegen der zweiten Skistunde.«

Dreißig Minuten später schwebten sie in einem rhombischen Kasten, der fünfzehn Personen fasste, über den waldigen Hügeln, die dem Wolkenstein vorgelagert sind, und fuhren in einem ziemlich steilen Winkel in den Himmel empor.

So oft sie einen der betonierten Riesenmasten passierten, schwankte der Kasten bedenklich, und einige der eleganten Sportsleute wurden unter der braunen Gesichtsfarbe blass. Die Landschaft, auf die man hinunterblickte, wurde immer gewagter. Und der Horizont wich immer weiter zurück. Die Abgründe vertieften sich. Die Baumgrenze wurde überquert. Sturzbäche fielen an schroffen Felswänden hinab ins Ungewisse.

Im Schnee sah man Wildspuren.

Endlich, nach dem siebenten Pfeiler, waren die Abgründe überwunden. Die Erde kam wieder näher. Die Landschaft nahm, auf einer höheren Ebene, wieder gemäßigte Formen an. Und die sonnenüberglänzten, weißen Hänge wimmelten von Skifahrern.

»Es sieht aus wie weißer Musselin mit schwarzen Tupfen«, sagte eine Frau. Die meisten Fahrgäste lachten. Aber sie hatte recht.

Kurz darauf gab es einen letzten herzhaften Ruck, und die Endstation, zwölfhundert Meter über Bruckbeuren, war erreicht. Die Passagiere stolperten, von der Fahrt und der dünnen Luft benommen, ins Freie, bemächtigten sich ihrer Schneeschuhe, schulterten sie und kletterten zum Berghotel Wolkenstein hinauf, um von dort aus eine der gepriesenen fünfundvierzig Abfahrten in Angriff zu nehmen.

Wohin man sah, zogen Schneeschuhkarawanen. Noch an den fernsten Steilhängen sausten winzige Skirudel zu Tale. Vor den Veranden des Hotels standen Touristen in Scharen und bohnerten ihre Bretter; denn hier oben hatte es nachts Neuschnee gegeben.

Nur auf der großen hölzernen Sonnenterrasse ging es friedlich zu. Hier gab es lange Reihen von Liegestühlen. Und in diesen Liegestühlen schmorten eingeölte Gesichter und Unterarme.

»Fünfzehn Grad unter Null«, sagte das eine Gesicht. »Und trotzdem kriegt man den Sonnenstich.«

»Tun Sie, was Sie nicht lassen können«, erklärte ein anderes krebsrotes Gesicht.

Schulze hielt seine Begleiter fest. »Meine Herren«, meinte er, »jetzt kaufen wir uns ein Fläschchen Nussöl, salben alles, was aus dem Anzug herausguckt, und pflanzen uns hin.«

Hagedorn verschwand im Haus und besorgte Öl. Kesselhuth und Schulze annektierten drei Liegestühle. Dann fetteten sie sich ein und ließen sich rösten. »Der reinste Grill-Room«, behauptete Schulze.

Wenn man die Augen halb öffnete, erblickte man unabsehbare Gipfelketten, in vielen Zackenreihen hintereinandergeschichtet, und dort, wo sie mit dem Firmament zusammenstießen, blitzte, durch die gesenkten Wimpern, ein eisiges Feuerwerk aus Gletschern und Sonne.

Eine Stunde hielten sie das Gebratenwerden aus, dann erhoben sie sich. Sie lobten wechselseitig ihre Hautfarbe, tranken Limonade und ergingen sich.

Kesselhuth ließ sich von einem steinalten Fernrohrbesitzer die bekanntesten Berge zeigen und ruhte nicht, bis er Gemsen gesehen hatte. Es konnte auch ein Irrtum gewesen sein.

Die unermüdliche Drahtseilbahn spie immer neue Skifahrer aus. Die schmalen, von hohen Schneemauern eingesäumten Wege waren belebter als die Straßen der Weltstädte. Und nachdem es einer schicken jungen Dame, die ihre Schneeschuhe geschultert trug, mit Hilfe einer unbedachten Wendung gelungen war, Herrn Schulze die Pudelmütze vom Kopf zu schlagen, gaben sie die Wanderung durch die Stille der Natur auf. Der Verkehr war lebensgefährlich.

Nach dem Mittagessen wurde Kesselhuth feierlich vom Graswander Toni abgeholt. »Bittschön«, sagte der Toni. »Es ist wegen der Regelmäßigkeit. Gehn wir!«

Johann nickte, trank einen Schluck Kaffee und zog an seiner Zigarre.

»Sie sollten über Tag nicht rauchen«, erklärte der Toni. »Das ist unsportlich, bittschön.«

Kesselhuth legte folgsam die Zigarre beiseite und stand auf.

»Please, Sir«, sagte der Toni und trollte sich.

Herr Kesselhuth verabschiedete sich traurig und trabte hinter dem Skilehrer her.

»Als ob er zur Schlachtbank geführt würde«, meinte Hagedorn. »Aber der Skianzug ist fabelhaft!«

»Kein Wunder«, sagte Schulze stolz. »Er ist ja auch bei meinem Schneider gearbeitet worden.«

Hagedorn lachte herzlich und fand die Bemerkung großartig. Geheimrat Tobler war froh, dass seine unbedachte Äußerung als Witz aufgenommen worden war, und lachte, allerdings ein bisschen krampfhaft, mit. Dann blieb er jedoch nicht mehr lange sitzen und sagte: »Mahlzeit! Jetzt geht Papa Schlittschuh laufen.«

»Darf ich mitkommen?«

Schulze hob abwehrend die Hand. »Lieber nicht! Sollte sich wider Erwarten herausstellen, dass ich es überhaupt noch kann, führe ich morgen vor geladenem Publikum etliche Eistänze vor. Das mag Ihnen zum Trost gereichen.«

Der junge Mann wünschte Hals- und Beinbruch und zog sich ins Schreibzimmer zurück, um seiner Mutter einen ausführlichen Brief zu schreiben.

Herr Schulze holte seine Schlittschuhe aus der fünften Etage und begab sich zur Eisbahn. Er hatte Glück, er war der einzige Fahrgast. Mühsam schnallte er die rostigen Schlittschuhe an die schweren rindsledernen Stiefel. Dann stellte er sich auf die blitzblanke Fläche und wagte die ersten Schritte. Es ging.

Er verschränkte die Hände auf dem Rücken und lief, noch etwas zaudernd, einmal rund um die Bahn. Dann blieb er aufatmend stehen und freute sich. Man war eben doch ein verfluchter Kerl. Nun wurde er wagemutiger. Er begann Bogen zu fahren. Der Rechtsbogen klappte besser als der linke. Aber das war schon so gewesen, als er noch in die Schule ging. Das war nicht mehr zu ändern.

Er überlegte sich, was er damals alles gekonnt hatte. Er holte mit dem linken Bein Schwung und fuhr eine Drei. Erst einen Auswärtsbogen, dann eine winzige Schleife und abschließend einen Rückwärtsbogen.

»Donnerwetter«, sagte er hochachtungsvoll zu sich selber. »Gelernt ist gelernt.«

Und nun riskierte er eine aus rechten Auswärts- und Einwärtsbögen zusammengestellte Acht. Das klappte auch! Die beiden Ziffern waren groß und deutlich in die Eisfläche graviert.

»Und jetzt eine Pirouette«, sagte er laut, holte mit dem linken Bein und beiden Armen Schwung, drehte sich etwa zehnmal wie ein Kreisel um sich selber, lachte übermütig, da zog ihm eine unsichtbare Macht die Füße vom Eis! Er gestikulierte, es half nichts, er schlug lang hin, der Hinterkopf dröhnte, das Eis knisterte, die Rippen schmerzten, Schulze lag still. Er lag mit offenen Augen und blickte verwundert himmelwärts.

Minutenlang rührte er sich nicht. Dann schnallte er die Schlittschuhe ab. Ihn fröstelte. Er stellte sich auf die Füße, hinkte übers Eis zur Gittertür, drehte sich noch einmal um, lächelte wehmütig und sagte: »Wenn's dem Esel zu wohl wird …«

Der Lumpenball

Nach dem Abendessen, das eine Stunde früher als sonst stattgefunden hatte, eilten die Gäste in ihre Zimmer und verkleideten sich. Gegen zehn Uhr abends füllten sich die Säle, die Halle, die Bar und die Korridore mit Apachen, Bettlern, Zigeunerinnen, Leierkastenmännern, Indianerinnen, Einbrechern, Wilddieben, Zofen, Negern, Schulmädchen, Prinzessinnen, Schutzleuten, Menschenfressern, Spanierinnen, Vagabunden, hochbeinigen Pagen und Trappern.

Es trafen übrigens auch auswärtige Verbrecher, Gepäckträger und Wahrsagerinnen ein. Gäste anderer Hotels. Sie unterschieden sich von den andern dadurch, dass sie Eintritt zahlen mussten. Sie taten es gern. Die Kostümbälle im Grandhotel dauerten bis zum Morgengrauen.

Die Direktion hatte zwei dörfliche Kapellen engagiert. In sämtlichen Sälen erscholl Tanzmusik. Scharen von Einheimischen waren da, in ihren wunderschönen alten Trachten. Die Bauern sollten gegen Mitternacht bodenständige Tänze vorführen, Schuhplattler, Watschentänze und andere international berühmte Sitten und Gebräuche.

Die Tanzweisen vermischten sich, da in jedem Saal etwas anderes gespielt wurde, zu einem wilden, ohrenbetäubenden Lärm. Papierschlangen und Konfetti flogen durch die Luft. Bauernburschen trieben etliche Ziegen und ein schreckhaftes Schwein durch die Säle. Das Ferkel und die zur Lustigkeit entschlossenen Damen quiekten um die Wette.

In der Halle war eine Tombola errichtet. Alles, was überflüssig und entbehrlich ist, war in Pyramidenform vereinigt worden.

(Die Lose und die Gewinne bezog der Tanzlehrer seit Jahren von einer Münchner Firma. Und der Reingewinn der Lotterie fiel auf Grund eines Gewohnheitsrechtes an ihn.)

Kesselhuth hatte während des Abendessens mitgeteilt, dass im Großen Saal ein Tisch mit drei Stühlen reserviert sei. Schulze und Hagedorn saßen, von verkleideten Menschen umgeben, an dem für sie bestellten Tisch und warteten auf den Besitzer der gutgehenden Schiffahrtslinie. Doktor Hagedorn war hemdsärmlig. Den Hals umschlang ein großes rotes Taschentuch. Auf dem Kopf trug er eine schief und tief ins Gesicht gezogene Reisemütze. Er stellte ganz offensichtlich einen Apachen dar. Schulze hatte sich noch weniger verwandelt. Er trug, diesmal allerdings innerhalb des Hotels, seine übliche sportliche Ausrüstung: den violetten Anzug, die Wickelgamaschen, die kleeblättrigen Manschettenknöpfe, die schwarzsamtenen Ohrenklappen und die feurig rote Pudelmütze. Ihm wurde langsam heiß.

»Wo sind die Schlittschuhe?«, fragte Hagedorn.

»Hören Sie auf!«, bat Schulze. »Erinnern Sie mich nicht an meinen Hinterkopf! Ich hatte völlig vergessen, wie hart so eine Eisbahn sein kann. Als Schlittschuhläufer werde ich nicht mehr auftreten.«

»Und Sie hatten sich so darauf gefreut«, sagte Hagedorn mitleidig.

»Das ist nicht weiter schlimm«, erklärte Schulze. »Ich hatte mich vorübergehend in meinem Alter geirrt.« Er lächelte freundlich. (…) »Doch wo steckt unser lieber Kesselhuth?«

In diesem Augenblick füllte jemand, der hinter ihnen stand, die drei Weingläser.

»Wir haben keinen Wein bestellt«, sagte Hagedorn erschrocken. »Ich möchte ein helles Bier haben.«

»Ich meinerseits auch«, meinte Schulze.

Da lachte der Kellner. Und als sie sich erstaunt umdrehten, war es gar kein Kellner, sondern Herr Johann Kesselhuth. Er trug die Toblersche Livree, seinen altgewohnten, geliebten Anzug, und blickte Herrn Schulze, um Entschuldigung bittend, in die Augen.

»Großartig!«, rief Hagedorn. »Ich will Sie nicht kränken, Herr Kesselhuth, aber Sie sehen wie der geborene herrschaftliche Diener aus!«

»Ich fühle mich nicht gekränkt, Herr Doktor«, sagte Kesselhuth. »Wenn ich nicht Alexander wäre, möchte ich Diogenes sein.«

Die drei Männer amüsierten sich königlich. Jeder auf seine Weise. Herr Kesselhuth beispielsweise stand, obwohl er schließlich Besitzer einer Schifffahrtslinie war, glückselig lächelnd hinter dem Stuhl, auf dem Schulze saß, und nannte den armen Kerl, der die Eisbahn hatte kehren müssen, bei jeder Gelegenheit »gnädiger Herr«. Und Schulze rief den Reeder Kesselhuth unentwegt beim Vornamen. »Johann, bitte Feuer!« und: »Johann, Sie trinken zu viel!« Und: »Johann, besorgen Sie uns drei Schinkenbrote!«

Hagedorn meinte: »Kinder, das klappt, als ob ihr die Rollen jahrelang einstudiert hättet.«

»Sie sind ein Schlaumeier«, sagte Schulze. Und Kesselhuth lachte geschmeichelt. Später kam der dicke Herr Lenz an den Tisch. Er hatte sich als Kaschemmenwirt verkleidet, trug eine halbleere Flasche Danziger Goldwasser unterm Arm und fragte Schulze, ob er sich denn nicht an der Prämiierung der drei gelungensten Lumpenkostüme vormerken lassen wollte. »Sie kriegen todsicher den ersten Preis«, sagte er. »So echt wie Sie können wir andern gar nicht aussehen! Wir sind ja bloß verkleidet.« Schulze ließ sich überreden und ging mit Lenz zu Professor Heltai, der die Startnummern für den Wettbewerb zu verteilen hatte. Doch der Tanzlehrer zwirbelte den Schnurrbart und sagte: »Tut mir leid, mein Lieber. Sie fallen nicht unter die Bestimmungen. Sie sind nicht kostümiert. Sie sehen nur so aus. Sie sind ein Professional.«

Lenz war, weil er Rheinländer war, leicht erregbar. Aber der Professor blieb hart. »Ich habe meine Anweisungen«, erklärte er abschließend.

»Na denn nicht, liebe Tante!«, sagte Schulze und machte kehrt. Als er zum Tisch zurückkam, war Hagedorn verschwunden.

Johann hockte solo und sprach dem Alkohol zu. »Ein kleines Schulmädchen, in einem kurzen Rock und mit einem Ranzen auf dem Rücken, hat ihn weggeholt«, berichtete er. »Es war die Dame aus Bremen.«

Sie gingen auf die Suche und gerieten versehentlich an die Tombola. Johann kaufte, auf Toblers leisen Befehl, dreißig Lose. Acht Gewinne waren darunter! Und zwar eine gerahmte Alpenlandschaft, die von einem einheimischen Ölmaler stammte. Ein großer Teddybär, der »Muh!« sagen konnte. Eine Flasche Kölnischwasser. Noch ein Teddybär. Eine Rolle Papierschlangen. Ein Karton Briefpapier. Und noch eine Flasche Kölnischwasser.

Sie beluden sich mit den Gewinnen und ließen im Nebenraum eine Blitzlichtaufnahme machen. »Des Jägers Heimkehr«, meinte der Geheimrat. Und dann drängten sie sich weiter durch das Gewühl. Von Saal zu Saal. Durch alle Korridore. Aber Hagedorn war nicht zu finden.

Die beiden älteren Herren winkten, als sie ihn kommen sahen. »Wo waren Sie mit dem Schulmädchen?«, fragte Schulze sittenstreng. »Habt ihr gut gefolgt?«

»Lieber, mütterlicher Freund«, sagte der junge Mann. »Wir haben nur davon gesprochen, was die Kleine, wenn sie aus der Schule kommt, werden will.«

»Pfui, Herr Doktor!«, rief Kesselhuth.

»Na, und was will sie werden?«, fragte Schulze.

»Sie weiß es noch nicht genau. Entweder Blumenförster oder Spazierführer.«

Die beiden älteren Herren versanken in Nachdenken. Dann sagte Kesselhuth, der sich wieder hinter Schulzes Stuhl gestellt hatte: »Na, denn Prost!« Sie tranken. Und er fuhr fort: »Gnädiger Herr, darf ich mir eine Bemerkung erlauben?«

»Ich bitte darum, Johann«, sagte Schulze.

»Wir sollten jetzt vors Hotel gehen und auf Kasimirs Wohl trinken.«

Der Vorschlag wurde einstimmig angenommen. Kesselhuth belud sich mit einer Flasche und drei Gläsern. Schulze übernahm die Teddybären. Dann spazierten die drei Männer im Gänsemarsch durch die Säle. Hagedorn schritt voran.

Im Grünen Saal störten sie die Preisverteilung für die gelungensten Kostüme. Im kleinen Saal behinderten sie durch ihren Vorbeimarsch die von Professor Heltai arrangierten Tanz-und Pfänderspiele. Würdig und ein wenig im Zickzack marschierend, bahnten sie sich unbeirrt ihren Weg.

Der Portier, den besonders waghalsige Ballbesucher mit Konfetti und Papierschlangen verziert hatten, verbeugte sich vor Hagedorn und blickte giftig zu Schulze hinüber, der die Teddybären emporhob und laut zu ihnen sagte: »Schaut euch einmal den bösen Onkel an! So etwas gibt's wirklich.«

Kasimir, der Husaren-Schneemann, sah wieder ganz reizend aus. Die drei Männer betrachteten ihn voller Liebe. Es schneite.

Schulze trat vor. »Bevor wir auf das Wohl unseres gemeinsamen Sohnes anstoßen«, sagte er feierlich, »möchte ich ein gutes Werk tun. Es ist bekanntlich nicht gut, dass der Mann allein sei. Auch der Schneemann nicht.« Er ging langsam in die Kniebeuge und setzte die Teddybären, einen zur Rechten und einen zur Linken Kasimirs, in den kalten Schnee. »Nun hat er wenigstens, auch wenn wir fern von ihm weilen, Gesellschaft.« Dann füllte Herr Kesselhuth die Gläser. Aber der Rest Wein, der in der Flasche war, reichte nicht aus. Und Johann verschwand im Hotel, um eine volle Flasche zu besorgen.

Nun standen Schulze und Hagedorn allein unterm Nachthimmel. Jeder hatte ein halbvolles Glas in der Hand. Sie schwiegen. Der Abend war sehr lustig gewesen. Aber die beiden Männer waren plötzlich ziemlich ernst. Ein sich leise bewegender Vorhang von Schneeflocken trennte sie.

Schulze hustete verlegen. Dann sagte er: »Seit ich im Krieg war, habe ich keinen Mann mehr geduzt. Frauen, na ja. Da gibt es Situationen, wo man schlecht Sie sagen kann. Ich möchte, wenn es dir recht ist, mein Junge, den Vorschlag machen, dass wir jetzt Brüderschaft trinken.«

Der junge Mann hustete gleichfalls. Dann antwortete er: »Ich habe seit der Universität keinen Freund mehr gehabt. Ich hätte mich nie getraut, Sie um Ihre Freundschaft zu bitten. Menschenskind, ich danke dir.«

»Ich heiße Eduard«, bemerkte Schulze.

»Ich heiße Fritz«, sagte Hagedorn.

Dann stießen sie mit den Gläsern an, tranken und drückten einander die Hand.

Kesselhuth, der, eine neue Flasche unterm Arm, aus der Tür trat, sah die beiden, ahnte die Bedeutung dieses Händedrucks, lächelte ernst, machte behutsam kehrt und ging in das lärmende Hotel zurück.

Kasimir schwindet

Nach dem Lunch saßen die drei Männer auf der Terrasse, und Doktor Hagedorn zeigte seine gesammelten Werke. Schulze betrachtete sie eingehend. Er fand sie sehr gelungen, und sie unterhielten sich lebhaft darüber. Herr Kesselhuth rauchte eine dicke schwarze Zigarre, schenkte allen Kaffee ein und sonnte sich in jeder Beziehung. Schließlich meinte er: »Also, heute Abend schicke ich das Paket an Geheimrat Tobler.«

»Und vergessen Sie, bitte, nicht, bei ihm anzufragen, ob er auch für Herrn Schulze einen Posten hat«, bat Hagedorn. »Es ist dir doch recht, Eduard?«

Schulze nickte. »Gewiss, mein Junge. Der olle Tobler soll sich mal anstrengen und was für uns beide tun.«

Kesselhuth nahm die Arbeiten an sich. »Ich werde nichts unversucht lassen, meine Herren.«

»Und er soll die Sachen, bitte, bestimmt zurückgeben«, erklärte der junge Mann. »Meine Mutter ist diesbezüglich sehr streng.«

»Selbstverständlich«, sagte Schulze, obwohl ihn das ja eigentlich nichts anging.

Kesselhuth zerdrückte den Rest seiner Zigarre im Aschenbecher, erhob sich ächzend, murmelte einiges und ging traurig davon. Denn im Rahmen der Hoteltür stand der Graswander Toni und hatte zwei Paar Schneeschuhe auf der Schulter. Die dritte Lehrstunde nahte. Das Geheimnis des Stemmbogens sollte enträtselt werden.

Eduard und Fritz brachen etwas später auf. Sie planten einen Spaziergang. Zunächst statteten sie jedoch ihrem Schneemann einen kurzen Besuch ab. Der Ärmste taute.

»Kasimir weint«, behauptete Hagedorn. »Das weiche Gemüt, Eduard, hat er von dir.«

»Er weint nicht«, widersprach Schulze. »Er macht eine Abmagerungskur.«

»Wenn wir Geld hätten«, meinte Hagedorn, »könnten wir ihm einen großen Sonnenschirm schenken, in den Boden stecken und über ihm aufspannen. Ohne Schirm wird er zugrunde gehen.«

»Mit dem Geld ist das so eine Sache«, meinte Schulze. »Auch wenn wir welches hätten – spätestens Anfang März stünde hier nur noch ein Schirm herum, und Kasimir wäre verschwunden. Die Vorteile des Reichtums halten sich sehr in Grenzen.«

»Du sprichst, als ob du früher ein Bankkonto gehabt hättest«, sagte Hagedorn und lachte gutmütig. »Meine Mutter behauptet, Besitz sei häufig nichts anderes als ein Geschenk der Vorsehung an diejenigen, die im übrigen schlecht weggekommen sind.«

»Das wäre allzu gerecht«, erklärte Schulze.

»Und allzu einfach.«

Dann wanderten sie, in beträchtliche Gespräche vertieft, nach Schloß Kerms hinaus, sahen den Bauern beim Eisschießen zu, folgten quellwärts einem zugefrorenen Gebirgsbach, mussten steil bergan klettern, glitten aus, schimpften, lachten, atmeten schwer, schwiegen, kamen durch weiße Wälder und entfernten sich mit jedem Schritt mehr von allem, was an den letzten Schöpfungstag erinnert.

Schließlich war die Welt zu Ende. Es gab keinen Ausweg. Hohe Felswände behoben den letzten Zweifel. Dahinter befand sich, sozusagen offensichtlich, das leere Nichts.

Und von einem dieser Felsen stürzte ein Wasserfall herab. Nein, er stürzte nicht. Der Frost hatte ihn mit beiden Armen im Sturz aufgehalten. Er war vor Schreck erstarrt. Das Wasser hatte sich in Kristalle verwandelt. »Im Baedeker vergleicht man diesen Wasserfall mit einem Kronleuchter«, bemerkte Hagedorn.

Schulze setzte sich auf eine eisgekühlte Baumwurzel und sagte: »Ein Glück, dass die Natur nicht lesen kann.«

Wintersport

Wohin man sieht, sieht man Hotels.
Und ringsherum liegt Schnee.
Die Tannen tragen weißen Pelz,
die Damen Seal und Feh.

Die Leute fahren Bob und Ski
am Hange hinterm Haus.
Ja, und von weitem sehen sie
wie Sommersprossen aus.

Das Publikum ist möglichst laut.
Was tut das der Natur?
Sie wurde nicht für es gebaut,
und schweigt. Und lächelt nur.

Im Kreise ihres Damenflors
sind alle Mann im Schnee:
Direktors, Doktors und Majors.
und Blubbers-Übersee.
Of course!

Wohin man sieht, sieht man Hotels.
Für Schnee ist kaum noch Platz.
Die Luft ist dick von Ouis und Well's
Und Five o' clocks mit Jazz.

Die Berge und der Wasserfall
verlieren jeden Sinn.
Am Donnerstag ist Lumpenball.
Da passen manche hin!

Sie können nie bescheiden sein
und finden alles nett.
Und glauben, die Natur sei ein
Komfort wie das Klosett.

Lawinen sausen dann und wann
und werden sehr gerügt.
Was gehn den Schnee die Leute an?
Er fällt. Und das genügt.

Garmisch-Partenkirchen: Wintersport

Ich habe große Lust zu arbeiten u. freue mich
schon riesig auf den Schnee …
An Ida Kästner, Berlin, 9.1.1935

An Ida Kästner

14.1.1935
In den Hotels gibt es keine Einzelzimmer mehr. Alles vergriffen. Na, da werde ich nachher vielleicht privat mieten. Da kann ich dann auch essen, wann u. was u. wo ich will. Das wäre das Gescheiteste für meinen komischen Magen, was? Es schneit ununterbrochen. Ich sah nach kurzem wie ein Schneemann aus, und die Schnürsenkel waren wie Streichhölzer.

15.1.1935
Ich bin also privat gezogen. Das Zimmer kostet 2.50 M. Gestern hab ich in einem Bräustübl Makkaroni gespeist. Das war sehr schön. Dann hab ich im Park-Kasino beim Roulettespiel 10 Mark gewonnen. Und um 12 h bin ich schon ins Bett. Heute um 8 h aufgewacht und die

Saarübertragung aus dem Nebenzimmer gehört. Gott sei Dank, daß das nun so günstig verlaufen ist. Jetzt sitz ich in einem Café und schau auf die verschneiten Straßen hinaus.

Zugspitzhaus, 16.1.1935

Heut bin ich hier oben am Kreuzeck. Um 12 h schon Mittag gegessen! Was sagst Du dazu? Am Nebentisch Reichsminister Heß mit Familie usw. Und jetzt spazier ich nach Garmisch zurück. Ich finde es sehr schön hier.

17.1.1935

Heute ist ein Bobsleigh vor der Tribüne verunglückt, auf der ich stand. 2 Fahrer wurden abtransportiert wegen Verletzungen. Ein idiotischer Sport!

18.1.1935

Ich komme doch wohl erst morgen zum Brief. Ich hab nämlich ziemlich steife Finger, weil ich auf dem Eisstadion war und der Schlittschuhmeisterschaft zusah.

18.1.1935

Zu dumm, daß bei Euch so schlechtes Wetter ist. Hier fahren sie den Schnee in Lastwagen fort, damit er nicht im Wege ist. Jeden Tag sind eine Menge sportliche Veranstaltungen, denn man hält ja die Deutschen Wintersportmeisterschaften ab. Ich trottle überall ein bißchen herum, lese viel, rede mit keinem Menschen. Das tat mir schon in Kitzbühel immer so gut. Wenigstens die ersten 14 Tage.

Wankhaus, 19.1.1935

Heute bin ich mal mit einer Drahtseilbahn 1000 Meter höher gegondelt. Es ist Mittagszeit, und ich werde mich gleich in einem Liegestuhl in die Sonne verpflanzen. Sie scheint heute wieder. Na, großartig.

»Höhensonne am Kreuzeck«. EK an Ida Kästner, 23.1.1935

Adolf-Zoeppritz-Haus am Kreuzeck, 23.1.1935
Ein Sonnentag nach dem anderen. Es ist schon herrlich. Hier oben bin ich jetzt fast jeden Tag und laß mich schmorbraten. Nun verschwindet die Sonne bald hinter den Bergen. Dann wird's mit einem Schlag eiskalt. Drum verzieh ich mich schnell.

Zwei Schüler sind verschwunden

I. Im Klassenzimmer erscheint ein Briefträger

Es war im Kirchberger Gymnasium. Und zwar am 11. Februar, nachmittags zwischen drei und vier Uhr. In der Tertia.

Draußen schneite es. Der Park wurde langsam weiß und weißer. Aber die Schüler blickten nicht zum Fenster hinaus. Denn Doktor Bökh, der Hauslehrer, hatte Kummer. Und die Jungen waren eisern entschlossen, auf diesen Kummer Rücksicht zu nehmen.

Was war geschehen?

Zwei Tertianer waren verschwunden!

Mittags hatten sie noch im Speisesaal des Internats mit den anderen gegessen. Und der eine von beiden, Matz mit Vornamen, hatte wie immer zwei Portionen verdrückt. Unter dem tat er's nie.

Nun waren sie fort. Niemand hatte sie seitdem gesehen. Martin Thaler, der Primus, erhob sich verlegen und meinte: »Vielleicht kommen sie noch, Herr Doktor. Wenn sie etwas Bestimmtes vorgehabt hätten, dann hätten sie doch Ihnen oder mir ein Wort davon gesagt!«

Der Lehrer rieb sich nachdenklich das Kinn und sah seine Jungen forschend an. »Weiß denn keiner etwas von den zwei Halunken?«

»Aber Herr Doktor!« rief einer. »Wenn wir was wüssten, hätten wir's ihnen doch längst erzählt!« Die übrigen Schüler nickten im Chor.

In diesem Augenblick klopfte es. Einmal. Zweimal. Dreimal. Johnny Trotz stand auf und öffnete. Im Flur stand ein Briefträger. Ein älterer Mann mit einem grauen Schnurrbart. Er lächelte und fragte: »Wohnt hier ein Herr Doktor Bökh?«

»Jawohl.«

Der Postbeamte trat ein und nickte der Klasse und dem Lehrer wohlwollend zu. Dann marschierte er zum Katheder vor.

»Es handelt sich um einen Einschreibebrief, Herr Doktor. Bitte zu quittieren!« Bökh gab seine Unterschrift. Der Briefträger legte den Brief aufs Katheder, hob die Hand grüßend zum Mützenschirm und ging.

Johnny Trotz stand noch an der Tür. Der Briefträger fragte gedämpft: »Was habt ihr denn grade?«

»Mathematik«, flüsterte der Junge.

Der Briefträger verzog das Gesicht, sagte: »Pfui Teufel!« und entfernte sich hastig, als habe er Angst, zur Zinsrechnung herangezogen zu werden. Johnny schloss die Tür und setzte sich leise.

Der Lehrer hatte den Umschlag geöffnet, entfaltete den Briefbogen und las, während seine Tertianer unbeweglich wie lauter kleine Buddhas in ihren Bänken saßen, folgenden Brief:

Lieber Herr Doktor! Es gibt Dinge, die sich nicht ändern lassen, obwohl sie verkehrt sind. Seien Sie uns bitte nicht allzu böse! Wir müssen für ein paar Tage verreisen. Spätestens am Montag sind wir wieder da. Vielleicht auch früher. Aber hoffentlich nicht. Nun haben wir uns den Kopf zerbrochen, wie wir unsern

Fehler gutmachen können. Es ist natürlich nur ein Vorschlag. Aber wenn er Ihnen passt, wären wir damit einverstanden. Wir wollen nämlich zur Strafe während der Osterferien nicht nach Hause fahren, sondern im Internat bleiben und alles nachholen, was wir jetzt versäumen. Wenn Sie oder der Herr Direktor mit unserm Vorschlag nicht einverstanden sein sollten, verpflichten wir uns ehrenwörtlich, nicht nur während der Osterferien, sondern auch noch während der Pfingstferien nachzusitzen. Das wäre zusammen dreimal so viel Zeit, wie wir wegbleiben wollen. Es ist wirklich keine Frechheit, lieber Herr Doktor, sondern eine solche Gelegenheit kommt niemals wieder. Und wir haben es uns reiflich überlegt. Viele herzliche Grüße von Ihren wenn auch unfolgsamen Schülern

Ulrich von Simmern und Matthias Selbmann

P.S. Schlimmstenfalls sitzen wir auch noch während der Sommerferien nach! Das wäre allerdings ein bisschen sehr viel Strafe. Doch wir richten uns ganz nach Ihnen, Herr Doktor. Was Sie tun, ist immer richtig.

Die Obigen

Der Lehrer legte den Brief beiseite und hielt lange den Kopf gesenkt. Endlich hob er ihn wieder, blickte die Jungen nachdenklich an und sagte: »Ich fürchte, ich habe euch falsch erzogen.« Er lächelte. Aber man merkte, dass es eigentlich gar kein Lächeln war. Die Tertianer schauten erschrocken zu ihm auf. Und einer von ihnen rief: »Ausgeschlossen, Herr Doktor!«

II. Zehn Grad unter Null

Es war nur wenige Stunden später. Allerdings nicht in Kirchberg, sondern in Garmisch-Partenkirchen. In einer Seitengasse, fern vom ärgsten Menschengewühl, standen zwei Jungen mitten im tiefsten

Schnee. Sie betrachteten die nahrhaften Auslagen einer Metzgerei. Der Größere hielt eine Tüte mit Semmeln in der Hand und kaute still vor sich hin. Der andere, ein kleiner blonder Kerl, schien zu frieren. Er trat von einem Bein aufs andere, hatte die Hände in den Hosentaschen und sagte: »Das kann ja heiter werden, Matz!« Es klang ziemlich verzweifelt.

»Dass mir immer alles zu spät einfällt!«, sagte Matz. »Wir hätten Doktor Bökh natürlich vorschlagen sollen, mit der ganzen Penne zur Olympiade zu fahren. Hier lernt man alles gleichzeitig. Sport und Sprachen und Geographie und vor allem weltmännisches Benehmen.«

Im gleichen Augenblick stolperte er über ein fremdes Bein. Die Semmeltüte fiel in einen Schneehaufen, und Matthias rief: »Sie Trottel!«

Der junge Mann, den er meinte, zeigte alle zweiunddreißig Zähne, packte den Jungen am Kragen, hob den rechten Arm und tat, als wolle er ernstlich zuschlagen. Matthias Selbmann ging in Verteidigungsstellung, hielt eine Faust vors Kinn und die andere vor den Magen. Seine Augen blitzten. Der junge Mann, dem das Manöver galt, war zunächst erstaunt, dann lachte er von neuem, nickte dem Jungen anerkennend zu und zog ihm, mit einer blitzschnellen Handbewegung, die Mütze über beide Augen. Matz fluchte wie ein Rollkutscher, schob die Mütze mühselig aus dem Gesicht und holte zu einem Faustschlag aus. Der Fremde war verschwunden.

Uli lächelte dezent. »Vor allem«, meinte er, »lernt man weltmännisches Benehmen.«

Matz starrte benommen in die wogende Menschenmenge. »Das war ein Engländer«, erklärte er schließlich. »Einer von der englischen Olympiamannschaft! Ein toller Bursche, was? Hat der Junge ein

Glück gehabt, dass ich 'ne Mütze aufhabe.« Er bückte sich und hob die Tüte auf. »So, und jetzt stiefeln wir zum Eisstadion.«

»Nein!« Uli schüttelte energisch den Kopf. »Jetzt muss ich mich aufwärmen. Sonst erfriere ich schon am ersten Tag.«

Der Große sah den Kleinen bekümmert von der Seite an. »Tatsache?«

»Tatsache!«

»Dann sause ich solo zum Stadion«, sagte Matthias. »Sonst kriegen wir keine Eintrittskarten. Und den Eishockeykampf Kanada gegen England müssen wir sehen! Sonst hat die ganze Reise keinen Zweck gehabt.«

»Findet der Kampf im Freien statt?« Uli klapperte mit den Zähnen.

»Du dachtest wohl im Rathaus? So eine idiotische Frage! Jetzt hör mal gut zu. Du setzt dich in den Bahnhof. In den Wartesaal. Dort hol' ich dich ab. Und nun gib mir Geld! Her damit!«

»Genügt eine Mark?« Uli kramte im Portemonnaie.

»Nein!«

»Mehr als zwei Mark kriegst du aber nicht!« Uli wurde streng. »Wenn wir bloß schon wüssten, wo wir übernachten.«

»Eins nach dem andern. Geschlafen wird später. Auf Wiedersehen im Wartesaal!« Matthias lachte dem Freund vergnügt zu und stürzte sich ins Gedränge. Die Leute schimpften. Macht nichts, dachte er, Hauptsache, dass man vorwärtskommt.

Uli blickte ihm eine Weile nach. Auf seiner Stirn zeigten sich Sorgenfalten ... Plötzlich hellten sich seine Züge ein wenig auf. Er hatte einen Jungen entdeckt, der einen Packen Zeitungen austrug. Er stolperte hinter ihm in ein Haus und rief leise: »He du!« Der andere drehte sich um. »Weißt du, wo man billig übernachten kann?«

»Nirgends«, erwiderte der Zeitungsjunge. »Alles ausverkauft. Alle Betten besetzt. In den Hotels vermietet man schon die Badewannen.«

»Scheußlich«, meinte Uli. »Wir können doch nicht in der Dachrinne schlafen.«

»Am Bahnhof sind Schlafwagenzüge aufgestellt. Dort sollen noch Betten frei sein.«

»Kostenpunkt?«

»Sechs Mark pro Puppe.«

»Sechs Mark?«, fragte Uli. »Ich werde verrückt.«

»Meinetwegen«, sagte der Zeitungsjunge, »'n Abend.« Er verschwand hinter der Treppenbrüstung. Uli trat auf die eiskalte Straße hinaus. Ihm war schon wesentlich wohler gewesen als ausgerechnet heute.

III. England gegen Kanada

Matthias hatte für seine zwei Mark natürlich keine Eintrittskarten bekommen. Und während abends die kanadische und die englische Mannschaft auf Schlittschuhen über die strahlend beleuchtete Eisfläche jagten, während das Publikum vor Begeisterung tobte und schrie, standen draußen vorm Stadion zwei Jungen, froren bis auf die Knochen, kauten trockene Semmeln und lauschten auf den Lärm, der zu ihnen herausdrang.

Matthias war wütend.

»Junge Hunde könnte man kriegen«, knurrte er verbiestert. »Ich werde mal fragen, wie der Kampf steht.« Er stapfte zu dem Pförtner hinüber und erkundigte sich. Dieser Portier war leider ein wortkarger

Mann. Das Einzige, was er sagte, war: »Kleine Kinder gehören um diese Zeit ins Bett.«

Matz schaute sich suchend um. »Wo sind denn hier kleine Kinder?« Er warf sich stolz in die Brust und blickte den Mann herausfordernd an. Eigentlich wollte der Portier etwas ziemlich Herzhaftes antworten. Doch er hatte anderes zu tun. Er hob die Hand grüßend zur Mütze und sagte: »Gute Nacht, meine Herrschaften.«

Es kamen nämlich eine alte Dame und ein alter, vornübergeneigter Herr langsam die Treppe herunter. Der Herr trug zwei dicke Kamelhaardecken. Dann stürzte ein Chauffeur herbei, nahm die Decken und bot der alten Dame hilfreich seinen Arm.

»Es wurde mir zu kalt, Friedrich«, meinte sie.

»Es ist ein besonders strenger Winter, Frau Gräfin«, erwiderte der Chauffeur zuvorkommend.

Matthias zog seine Mütze. »Verzeihung, Frau Gräfin. Können Sie mir sagen, wie das Spiel steht?«

Die alte Dame blickte ihn neugierig an. Dann lächelte sie. »Ich verstehe nicht viel von Sport, mein Junge. Aber ich glaube, jede Mannschaft hat ein Tor geschossen.«

»Donnerwetter noch mal!« Matthias' Augen blitzten. »Diese Engländer! Das ist ja kolossal, Frau Gräfin!«

Mittlerweile war der alte Herr herangekommen. Sie standen vor einem großen, grauen Wagen. Der Chauffeur öffnete den Schlag. Die Gräfin stieg ein, und ihr Mann setzte schon einen Fuß aufs Trittbrett. Da holte Matz sehr tief Atem, und dann sagte er zögernd: »Herr Graf, haben Sie Ihre Eintrittskarten schon weggeworfen?«

Der alte Herr vergaß einzusteigen. »Warum denn?«

»Mein Freund dort drüben und ich, wir haben keinen Platz bekommen. Und wenn Sie Ihre Karten noch nicht fortgeworfen haben, könnten wir uns doch eigentlich auf Ihre Plätze setzen. Nicht? Wir stehen nun schon so lange vorm Stadion!«

Der alte Herr sagte: »Aha!« Dann winkte er dem Portier.

Der kam im Galopp durch den dicken Schnee gefegt. »Bringen Sie die beiden Jungen auf unsere Plätze«, befahl der Graf. »Verstanden?« Dann stieg er ins Auto.

Die Plätze waren Ehrenplätze. In der allerersten Reihe. Direkt hinter dem einen Tor.

Matthias und Uli saßen anfangs völlig verzaubert in den beiden Sesseln und konnten während der ersten Minuten vor lauter Glück überhaupt nichts erkennen. Uli vergaß sogar, dass ihn fror. Vor ihnen auf der von schwarzen Menschenmassen umgebenen Eisfläche jagten die Hockeyspieler auf Schlittschuhen hin und her und schwangen die gebogenen Schlaghölzer. Zwei Spieler prallten gegeneinander. Der eine fiel um und blieb regungslos liegen. Man trug ihn weg. Ein Ersatzmann sprang ein. Der Kampf tobte weiter. Die kleine schwarze Hartgummischeibe sauste übers Eis. Manchmal flog sie hoch durch die Luft. Die Spieler rasten gebückt hinterdrein. Es war ein herrlicher Tumult. Man versäumte beinahe das Atemholen.

Matthias ächzte vor Begeisterung. Plötzlich packte er Uli am Arm und rief: »Das ist er!«

»Wer ist was?«

»Der Engländer, der mit mir boxen wollte!«

Tatsächlich, jener junge Mann, der Matz am Nachmittag die Mütze über die Augen gezogen hatte, war einer der englischen Stürmer. Er ging drauf wie Blücher.

Matz schlug sich begeistert auf die Schenkel. »Mensch, diese Vorlage! Der hat den Bogen 'raus!«

Auch Uli war hingerissen. Das Klirren und Knirschen der Schlittschuhe, das Gegeneinanderprallen der Stöcke, das wirbelnde Auf und Ab des Kampfes, die spannenden Momente vor den Toren, die stürzenden und sich wieder erhebenden Spieler, das alles war so wunderbar, dass die zwei Jungen auf ihren vornehmen Plätzen nicht wussten, wo ihnen vor lauter Wonne der Kopf stand. Manchmal, wenn der Puck, die kleine schwarze Scheibe, gegen eins der Tore schnellte, warf sich der Tormann darüber. Die Verteidiger und die heranbrausenden Gegner prallten zusammen und stürzten. Der Torhüter schleuderte den Puck in die Mitte der Eisfläche zurück. Die Spieler erhoben sich hastig und flitzten hinter ihm her wie die wilde Jagd. Das Publikum fieberte. Der Lärm drang bis in die fernen Berge und kam als Echo wieder. Trotz aller Aufregungen und Mühen verlief das zweite Drittel torlos. Noch immer stand das Spiel 1:1. Und auch das dritte und letzte Drittel schien ohne entscheidenden Erfolg verlaufen zu wollen.

»Dann kommt eine Verlängerung«, erklärte Matthias. »Unentschieden gibt's nicht!«

»Fein!«, rief Uli. Er hatte knallrote Backen und rutschte in seinem Sessel hin und her, als säße er auf einer glühenden Herdplatte. Die Zeiger der Stadionuhr bewegten sich unaufhaltsam. Und der erbitterte Kampf tobte immer weiter.

»Wie in der Ilias«, behauptete Matthias. »Uli, mein Engländer macht einen Durchbruch!« Er sprang vor Erregung auf.

Doch der Durchbruch misslang. Ein Kanadier schob Matthias' Engländer gegen die Bande, dass es nur so krachte. Beide schlugen

Eishockey im Olympia-Eisstadion in Garmisch-Patenkirchen.
EK an Ida Kästner, 29.1.1935

lang hin. Beide sprangen wieder auf, schwangen ihre Hölzer und rasten davon.

»In einer Minute ist das dritte Drittel zu Ende«, sagte Matz heiser.

»Dann kommt die Verlängerung?«

»Ja.«

»Und wenn's auch dann unentschieden bleibt?«

»Dann gibt's noch eine Verlängerung.«

»Oje«, meinte Uli. »Das kann ja lange dauern!«

In diesem Augenblick schoss einer der Engländer die Scheibe mit voller Wucht gegen das kanadische Tor. Der Torwächter hielt den Schuss. Die Scheibe sprang ins Feld zurück. Matzens Engländer erwischte sie, holte mit dem Schläger aus und knallte die Scheibe ins gegnerische Tor. Drin war sie: 2:1 für England! »Hurra!«, brüllte Matz. Doch er hörte seine eigene Stimme nicht mehr. Der Lärm, der jetzt ausbrach, war unbeschreiblich. Er glich am ehesten einer Dynamitexplosion. Die Kanadier, die unschlagbaren Weltmeister im Eishockey, waren besiegt worden. England hatte sie geschlagen. Das heißt: Matzens Engländer hatte sie geschlagen. Er allein. Jimmy hieß er.

Und »Jimmy!« schrie das ganze Stadion. Man hob Jimmy auf die Schultern.

Matthias sah Uli an, als habe er selber das Tor geschossen. Und Uli fand das völlig in Ordnung.

IV. Schlafen, schlafen, nichts als schlafen (Shakespeare)

In der Nacht vom 11. zum 12. Februar 1936 ging man in Garmisch-Partenkirchen sehr spät schlafen. In den Hotels und Pensionen, in den Wohnungen, in den Kneipen, Bars und Cafés, überall hockte man dicht beisammen und unterhielt sich immer wieder über den Eishockeykampf zwischen Kanada und England. Zum Schluss wussten diejenigen, die nicht dabei gewesen waren, besser Bescheid als die Augenzeugen. Na, und Jimmy, der Engländer, der das entscheidende Tor geschossen hatte, war selbstverständlich der Held des Tages.

Leute, die ein Bett besitzen, haben es verhältnismäßig leicht, nachts aufzubleiben. Schwerer ist es für jene, die nicht wissen, wo sie ihr müdes Haupt hinlegen sollen. Matz und Uli hatten sich ursprünglich im Wartesaal des Bahnhofes eingemietet gehabt. Doch dann war leider der Stationsvorsteher neugierig geworden. Er war sogar so weit gegangen, Fragen zu stellen. Ein unmöglicher Mensch! Kurz und gut, die beiden Jungen gaben schließlich nach und trabten in die Schneelandschaft hinaus. Die Hotels waren noch immer erleuchtet. Tanzmusik drang gedämpft auf die Straßen. Manchmal kamen lustige Leute vorüber und sangen laut und falsch. Der Sternhimmel war blankgeputzt wie ein Juwelier-Schaufenster. Es war hundekalt. Der Schnee knirschte mit den Zähnen.

»Ich weiß nicht recht«, sagte Matthias nach einer guten halben Stunde, »aber in Büchern wirkt das Herumstiefeln im Schnee wesentlich schöner, als wenn die Stiefel einem selber gehören!«

Der Kleine widersprach nicht. »Wir können natürlich versuchen, in einem der Schlafwagenzüge zu übernachten«, meinte er endlich.

Matthias war starr. »Warum hast du das nicht schon längst gesagt?«

»Weil das Bett sechs Mark kostet.«

»Sechs Mark?«, fragte der Große. »Dafür kriegt man ja 'ne Villa! Weißt du nichts Gescheiteres?«

»Doch«, erklärte Uli. »Komm mit!« Er lief voraus. Er bog in eine

Seitenstraße. Wenige Minuten später standen sie vor einem hell erleuchteten Haus, das in einem tief verschneiten Garten lag.

»Darf man fragen, was das darstellt?« Matz blickte skeptisch zu dem Haus hinüber.

»Das ist eine Schule.«

»Eine Schule? Was soll ich denn in einer Schule? Noch dazu mitten in der Nacht? Grauenhaft!«

Uli lachte. »Während der Winterspiele befindet sich hier das Olympische Komitee. Wir gehen einfach hinein, klopfen höflich an und sagen, wir wüssten nicht, wo wir schlafen sollen.«

»Bist du übergeschnappt?« Sie standen unter einer brennenden Laterne. »Wenn wir jetzt hier hineingehen, sitzen wir in einer Stunde im Zug nach Kirchberg. Darauf kannst du Gift nehmen.«

»Weißt du was Besseres? Wollen wir uns eine Schneehöhle bauen?«

»Nein. Aber ich muss auf alle Fälle bis zum Sonntag hierbleiben! Ich will das Skispringen sehen, das Bobrennen, die Kür im Eislauf und überhaupt alles! Sonst beiße ich mir die Nase ab.«

»Du bist ein Dickschädel«, stellte Uli fest. »Also schön, wir können ja auch im Stehen schlafen!«

Hui! machte der Wind. Sie froren wie die Schneider. »Und Hunger hab' ich außerdem«, konstatierte Matthias zerknirscht.

Uli kramte in der Manteltasche und holte eine Semmel hervor. »Da hast du! Ich habe sie extra für dich aufgehoben.« Matz griff danach und biss hinein, dass es krachte.

Dann wurde er verlegen. »Hast du denn gar keinen Hunger?«

»Du bist der größere«, erklärte Uli. »Guten Appetit!« Er hüpfte auf einem Bein rund um die Laterne. Erst auf dem rechten Bein. Dann auf dem linken. Es half alles nichts. Die Füße waren und blieben kalt wie Eiszapfen. Während Uli hüpfte und Matthias kaute, trat jemand aus dem erleuchteten Gebäude, schritt durch den verschneiten Garten, blieb vor den zwei Jungen stehen und sagte schließlich: »Hallo! Was treibt ihr denn hier?«

»Nichts Besonderes«, antwortete Matthias. »Wir frieren.« Dann zuckte er zusammen. Der junge Mann, der mit ihnen sprach, war Jimmy, der englische Eishockeystürmer!

»Kennen wir uns nicht schon?«, fragte der junge Mann.

»Freilich«, erklärte Uli. »Sie haben meinem Freund heute nachmittag die Mütze über die Ohren gezogen.«

»Richtig.« Der junge Mann lachte.

Matthias nahm die Mütze vom Kopf. »Wir waren im Stadion. Sie haben fabelhaft gespielt. Ich gratuliere Ihnen.«

»Vielen herzlichen Dank!«, sagte der junge Mann. »Man tut, was man kann. Aber warum liegt ihr nicht längst im Bett?«

Uli fasste sich ein Herz. »Weil wir kein Bett haben! Das heißt: Wir haben natürlich Betten. Aber unsere Betten stehen leider nicht in Garmisch, sondern in einer Stadt namens Kirchberg.«

»Oha!«, rief der Engländer. »Ihr seid getürmt?«

Matthias nickte. »Erraten! Wir wollten zur Olympiade. Eigentlich wollte nur ich. Uli kam bloß mit, damit ich nicht allein bestraft werde.«

»Quatsch keine Opern!«, sagte Ulrich von Simmern.

»Wir sind nämlich Freunde«, erklärte Matz.

Der Engländer schwieg eine Weile. Dann fragte er: »Und was wollt ihr jetzt tun?«

Die zwei Jungen sagten: »Keine Ahnung.«

Jimmy schob die blaue Norwegermütze ins Genick. »Wisst ihr was? In unserm Quartier, draußen am Gudiberg, werden schon noch ein paar Decken und Kissen übrig sein. Ihr kommt einfach mit. Und echt englisches Corned Beef gibt's außerdem. Seid ihr einverstanden?«

»Einverstanden ist gar kein Ausdruck«, sagte Matthias. Man hörte förmlich, wie ihm ein Stein vom Herzen fiel.

Uli zögerte. »Werden wir auch ganz bestimmt nicht stören?«

Der junge Mann winkte ab. »Wenn ihr stört, fliegt ihr 'raus!« Er lachte. Dann kommandierte er: »Ganze Abteilung, marsch!«

Matthias und Uli sträubten sich nicht lange. Jimmy Brenchley, der Engländer, nahm sie bei der Hand. Und sie folgten ihm brav wie zwei Lämmer. Uli stolperte vor Müdigkeit.

Jimmy wusste Rat. Er sang. Er sang: »It's a long way to Tipperary!«

Plötzlich sagte Matthias: »Eins ist mir noch unklar.«

»Was denn, junger Freund?«

»Wieso Sie so gut deutsch sprechen!«

»Meine Mutter stammt aus Deutschland«, gab Jimmy Brenchley zur Antwort. »Englisch ist meine Vatersprache. Und Deutsch ist meine Muttersprache.«

»Drum«, sagte Matz.

V. Vom Nutzen des Kinobesuches

Professor Hirsekorn, der Direktor des Kirchberger Gymnasiums, sagte: »Wenn mich nicht alles täuscht, ist heute Freitag. Am Dienstag verschwanden die beiden Tertianer. Ich kann dieses Abenteuer nicht länger verantworten, Herr Doktor. Ich habe mich entschlossen, die Eltern zu benachrichtigen.«

»Haben Sie noch einen Tag Geduld«, bat Doktor Bökh. »Es hat keinen Sinn, die Eltern in Aufregung zu versetzen.« Er ging pausenlos im Arbeitszimmer des Direktors auf und ab. »Wenn ich nur eine Ahnung hätte, wohin dieser Rüpel, der Matthias, ausgekniffen ist! Uli ist selbstverständlich bloß mitgegangen, weil er seinen Freund nicht alleinlassen wollte. Außerdem hat ihm Matthias bestimmt vorgeworfen, dass er keine Courage hat. Und in diesem Punkt ist Uli empfindlich.«

»Was nützt uns das? Man kann doch Kinder, nur weil man sie versteht, nicht dauernd entschuldigen! Wir müssen die Angehörigen ins Bild setzen. Wenn den Jungen nun etwas Ernstliches zugestoßen ist?«

»Matthias kann überhaupt nichts Ernstliches zustoßen«, behauptete der Hauslehrer. »Überdies passt Uli ja auf ihn auf. Ich warne davor, einen Dummejungenstreich an die große Glocke zu hängen. Je mehr Leute davon erfahren, umso strenger müssen wir die Jungen nachher nur bestrafen.«

Der Direktor schob beide Daumen in die Weste. »Wollen Sie den Bengels, wenn wir sie jemals wiedersehen sollten, vielleicht noch einen Orden verleihen?«

»Nein, das will ich nicht! Haben Sie den Eindruck, dass ich mich nicht zum Lehrer an Ihrer Anstalt eigne?«

»Wie kommen Sie denn auf so etwas?« Der Direktor rang die Hände. »Sie sind der tüchtigste und beliebteste Lehrer, der jemals an diesem Institut gewesen ist! Wollen Sie Komplimente hören, Herr Doktor?«

»Keineswegs. Aber ich möchte die zwei Tertianer auf meine eigene Weise bestrafen. Ich will vermeiden, dass die Eltern, die Behörden und weiß der Teufel wer noch in meine pädagogischen Maßnahmen hineinreden!«

Der Direktor war ein hartnäckiger Mensch. »Das hilft nun alles nichts«, bemerkte er abschließend. »Ich muß die Eltern benachrichtigen. Und ich werde es noch heute tun. Ich danke Ihnen, Herr Doktor.«

Der Hauslehrer verbeugte sich und wollte gehen. Da klopfte es. Der Direktor rief: »Herein!« Im Türrahmen erschien der Schuldiener. Das war ein müder, von Rheumatismus und Plattfüßen übermäßig geplagter Mann. Er hielt sich die Hüfte und sagte: »Der Martin Thaler steht draußen. Er will Doktor Bökh sprechen. Es sei dringend.«

»Soll eintreten«, befahl der Direktor. Der Schuldiener entfernte sich schlurfend.

Martin Thaler, der Primus der Tertia, trat ein. Er war vollkommen außer Atem.

»Was gibt's?«, fragte Bökh.

»Ich komme aus dem Kino«, erzählte Martin. »Aus den Gloria-Lichtspielen. Wir wollten uns den neuen Garbo-Film anschauen.«

»Ein schöner Film?«, fragte der Lehrer.

»Wir haben ihn überhaupt nicht gesehen. Das heißt, Johnny und ich haben ihn nicht gesehen. Die anderen sitzen noch im Kino. Aber Johnny und ich sind gleich nach der Wochenschau weggelaufen, weil wir Sie dringend sprechen müssen.«

»Nanu«, brummte der Direktor. »Was hat denn die Wochenschau mit uns zu tun?«

»Viel«, erwiderte der Junge. »Sehr viel. Es wurden nämlich die neuesten Berichte von der Winterolympiade in Garmisch gezeigt.«

»Und?«, fragte Doktor Bökh.

»Und als der Eishockeykampf zwischen England und Kanada vom letzten Dienstag vorgeführt wurde, da haben wir auf der Leinwand, gleich in der ersten Reihe, Matz und Uli erkannt. Ganz genau wissen wir's allerdings nicht. Das Bild war gleich wieder weg.«

»Natürlich!«, rief der Hauslehrer. »Natürlich waren sie's! Es gibt keinen Zweifel. Sie sind in Garmisch-Partenkirchen.«

»Jawohl«, sagte Martin Thaler. »Matthias stand auf und sprang wie ein Indianer herum. Die Engländer hatten nämlich gerade das Siegestor geschossen. Uli war übrigens auch ziemlich aufgeregt. Und dann war der Sportbericht zu Ende. Und es kam ein Fest der japanischen Feuerwehr in Tokio. Mit hohen Leitern und vielen Feuerspritzen. Und Johnny und ich sind sofort losgesaust, um es Ihnen zu erzählen, Herr Doktor. Weil wir doch nun endlich wissen, wo die beiden stecken.«

»Vielen Dank, mein Junge«, sagte Bökh. »Und nun verschwinde wieder. Vielleicht kommt ihr, wenn ihr euch beeilt, noch zum Garbo-Film zurecht.«

»Sicher«, meinte Martin. »Zuvor läuft ja ein Kurzfilm. Und unsere Eintrittskarten sind noch gültig. Wir haben mit der Kassiererin gesprochen. Guten Tag!«

Er verbeugte sich hastig und war wie ein Blitz verschwunden.

Doktor Bökh wandte sich an Direktor Hirsekorn. »Es ist also überflüssig geworden, die Eltern der zwei Schüler zu benachrichtigen. Ich fahre mit dem nächsten Zug nach Garmisch und hole die verlorenen Söhne heim. Sobald ich sie erwischt habe, depeschiere ich. Ich bitte Sie nur, den Unterricht, den ich morgen zu erteilen habe, von einem Stellvertreter geben zu lassen.«

»Selbstverständlich«, erklärte der Direktor. Er gab dem Lehrer die

Hand. »Glückliche Reise, Herr Doktor! Und bringen Sie uns die zwei Ausreißer möglichst unbeschädigt zurück!«

Doktor Bökh lächelte. »Ich reiße ihnen höchstens die Ohren ab«, meinte er.

VI. Die Überraschung in der Morgenstunde

Uli und Matthias fühlten sich seit Tagen wie die Schneekönige. Sie hatten in einem der Häuser, die den Engländern eingeräumt waren, ihr eigenes Zimmerchen. Sie aßen täglich mit den Gastgebern, und was Matthias pro Mahlzeit verschlang, überstieg alle Begriffe. Anfangs wetteten die Engländer untereinander, ob der Junge immer noch und immer noch eine Scheibe Corned Beef hinunterkriegen werde. Später ließ das Wetten nach. Es hatte keinen Sinn. Man verlor nur Geld. Matzens Appetit übertraf jede Vermutung und jeden Rekord. Jimmy Brenchley behauptete, Matz sei in Garmisch-Partenkirchen drei Zentimeter gewachsen. Er konnte recht haben.

Manchmal borgten sich die beiden Jungen Schneeschuhe und machten kleine Ski-Ausflüge in die Berge. Aber meistens wurden sie von ihren Engländern zu den olympischen Wettkämpfen mitgenommen. Man brauchte die zwei Kirchberger Gymnasiasten als Talisman. Man glaubte, ihre Anwesenheit bringe den englischen Mannschaften Glück.

Himmel, was hatten sie in diesen Tagen alles gesehen: Die Eishockey-Zwischenrunden, das Eis-Paarlaufen, das Eis-Schnelllaufen über fünftausend und zehntausend Meter, den Militär-Patrouillenlauf, die ersten Läufe des Zweierbobrennens, das Kürlaufen der Männer – und was stand ihnen noch alles bevor!

Matz ging völlig in der Rolle des künftigen Sportsmannes auf. Er ließ sich sogar von dem Trainer der Engländer massieren. Und mit einem Back des Eishockeyteams übte er sich im Boxen. Er war überglücklich. Nur Ulis ernstes Gesicht irritierte ihn mitunter. »Was hast du denn?«, fragte er dann unwillig.

»Ach, ich muss an die Penne denken – und an Doktor Bökh.«

»Schließlich sitzen wir doch zur Strafe während der Ferien nach!«, sagte Matthias dann. »Man tut, was man kann. Komm, leg dich hin! Ich will dich massieren.«

»Nein«, erklärte Uli in solchen Fällen. »Was du Massage nennst, ist Körperverletzung.«

Am Sonnabend, dem 15. Februar, waren sie schon um sechs Uhr morgens aufgestanden. Denn oben am Rießersee fand der Endlauf im Zweierbobrennen statt. Sie hatten, hoch über Garmisch, an der Bayernkurve prächtige Tribünenplätze, hockten zwischen ihren englischen Freunden und fieberten, wenn einer der Bobs an den Tribünen vorüberschoss und steil die aus Eisplatten gemauerte haushohe Kurve hinanfegte. Vom Beobachtungsturm wurde durch den Lautsprecher der letzte Lauf angekündigt. Matz rechnete die bisher erzielten Zeiten zusammen und sagte zu Uli: »Wenn nichts dazwischenkommt, holen sich die Amerikaner die Goldene Medaille.«

»Oder die Schweizer!«

»Wetten?«

»Nein.«

Hoch über den verschneiten Tannenwipfeln meldete sich erneut der Lautsprecher: »Achtung, Achtung! Bahn frei! Als Erster startet Bob USA I! Alles fertig! Bob – los!«

Die Zuschauer starrten gebannt bergauf.

»Der Bob hat schnelle Fahrt«, berichtete der Beobachter von der Strecke. »Er liegt allerdings nicht ruhig. Jetzt passiert er das Looping! Er nähert sich dem Kilianseck! Er schleudert! Halt – nein, er fängt sich wieder! Gleich kommt er in die Bayernkurve!«

Matz sprang auf und beugte sich weit vor. Uli kaute an einem Fingernagel. (Er konnte und konnte sich das, wenn er aufgeregt war, nicht abgewöhnen.) Da! Der amerikanische Bob schoss um die Ecke, schlingerte ein wenig, aber der Bremser wollte das Tempo nicht verringern. Man ging aufs Ganze. Das knirschte. Der Schlitten raste die vertikale Kurve empor, fast bis an die äußerste Kante. Dann zwang der Lenker den Bob wieder in die Bahn. Der Schlitten und die Sturzhelme verschwanden hinter der Biegung.

»Pass auf!« schrie Matthias. »Die Amerikaner machen das Rennen!«

In diesem Augenblick legte sich eine Hand bleischwer auf seine Schulter. »Mensch, lass mich doch in Ruhe!«, knurrte der Junge. »Gleich meldet der Lautsprecher die Zeit.«

»Wieso soll ich dich denn in Ruhe lassen?«, fragte Uli verwundert.

»Du sollst die Pfote von meinem Jackett 'runternehmen!«

»Ich fasse dich doch gar nicht an, du blöder Kerl!«

Da meinte jemand hinter ihnen: »Guten Morgen, die Herren!« Oh, diese Stimme!

Die Köpfe der beiden Jungen fuhren herum. Allmächtiger, der Doktor Bökh! Er war's tatsächlich. Er stemmte Uli hoch, setzte sich auf dessen Platz und ließ den Jungen langsam auf sein Knie nieder. Matz zog ein Gesicht, als fixiere ihn eine Brillenschlange.

»Laß dich nur nicht stören«, meinte Bökh gelassen. »Und vergiss nicht, auf die Zeit der Amerikaner zu achten!« Dann nahm er einen

Notizblock aus der Tasche, schrieb einige Zeilen auf einen Zettel und reichte Matthias das Papier. »Hast du die Zeit notiert?«

Matz schüttelte den Kopf. »Nein.«

»Nimm diesen Zettel, mein Sohn! Und renne damit in Weltrekordzeit zur Post in Garmisch und gib das Telegramm an Professor Hirsekorn auf! Wann kannst du unten sein?«

»In zwanzig Minuten.«

»Gut so. Wenn die Depesche bis zum Mittagessen nicht in Kirchberg ist, benachrichtigt der Direktor eure Eltern. Hier hast du Geld. Kehrt, marsch!«

Matthias kletterte wie eine Gemse über die Tribünenreihen und verschwand in der Zuschauermenge. Uli fasste sich ein Herz und fragte: »Herr Doktor, sind Sie uns sehr böse?«

»Davon reden wir später«, meinte Bökh.

Jimmy Brenchley musterte Uli von der Seite. »Wem gehört eigentlich das Knie, auf dem du sitzt?«

Ulrich von Simmern, der ziemlich blass ausschaute, sagte mit zitternder Stimme: »Das Knie gehört unserem Klassenlehrer.«

»Hallo!«, rief Jimmy. »Sehr erfreut!« Er schüttelte Doktor Bökh die Hand und lachte übers ganze Gesicht. »Was die Bengels für'n Glück haben! So einen Lehrer hätten wir haben müssen! Dann wäre ich heute Lordsiegelbewahrer!«

VII. Die Heimkehr der verlorenen Söhne

Am Nachmittag errang die englische Eisläuferin Cecilia Colledge eine Silberne Medaille, und abends schlug die englische Eishockeymannschaft in der Endrunde die Mannschaft der USA. Die Weltmeisterschaft war ihnen nicht mehr zu nehmen. Matz und Uli drückten während beider Wettbewerbe die Daumen und schrieben die englischen Erfolge mehr oder weniger ihren Daumen zu.

Doktor Bökh saß im Eisstadion hinter seinen Tertianern und musterte sie heimlich und belustigt. Nach der Hockeyschlacht erhob er sich und sagte streng: »So, jetzt verabschiedet euch von euren Freunden. Und zwar etwas plötzlich. Ich erwarte euch am Bahnhof. Hier sind die Fahrkarten. In zwanzig Minuten geht der Zug. Wenn ihr zu spät kommt, fahrt ihr am besten gleich zu euren Eltern. In Kirchberg möchte ich euch dann nämlich nicht wiedersehen.«

»Morgen ist Sonntag, Herr Doktor«, meinte Matthias nachdenklich. »Früh findet auf der Olympiaschanze der Sprunglauf statt. Das würde Sie sicher sehr interessieren. Birger Ruud springt auch mit. Und die Preisverteilung am Nachmittag, die …« Er unterbrach seine Rede, weil der Lehrer überhaupt nicht zuzuhören schien.

»Aber ganz wie Sie wollen«, fuhr Matz treuherzig fort. »In einer Viertelstunde sind wir am Bahnhof. Wir verabschieden uns rasch in den Umkleidekabinen. Los, Uli! Bis nachher, Herr Doktor.« Die Jungen stürmten davon.

»Bis nachher, ihr Lausejungen«, murmelte Bökh hinterdrein.

Der Zug stand wartend am Bahnsteig. Als Matz und Uli erschienen, wurden sie von einer Eskorte von Engländern begleitet. Jimmy Brenchley, der während des Matchs einen Schlag vors Schienbein abgekriegt hatte, humpelte auf Doktor Bökh los und nahm ihn beiseite. »Entschuldigen Sie«, sagte er, »dass ich mich einmische. Uli ist, glaube ich, kolossal niedergeschlagen, dass Sie seinetwegen Ärger und Sorge gehabt haben. Seien Sie großmütig! Sie sind das Ideal der kleinen

Kerle. Wenn alle Ihre Schüler so begeistert von Ihnen sind, dann sind Sie der beliebteste Lehrer Europas!«

»Dass mir meine Schüler einfach durchbrennen«, sagte Bökh, »spricht dafür, dass man sogar *zu* beliebt sein kann.«

»Na ja«, meinte Jimmy »Hoffentlich haben Sie unrecht. Und es täte mir leid, wenn Sie die Bengel schwer bestrafen würden! Es sind ein paar Prachtexemplare. Ich habe sie übrigens nach England eingeladen. Auch meine Eltern und jüngeren Geschwister würden sich darüber freuen. Es ist gut, wenn die männlichen Vertreter verschiedener Völker einander kennenlernen, bevor sie sich das erste Mal rasieren. Hätten Sie Lust mitzukommen?«

»Nur wenn Sie und Ihre Geschwister den Besuch später bei uns in Kirchberg erwidern wollen.«

»Großartig!«, rief Jimmy. »Im nächsten Winter tanzen wir an.«

Sie schüttelten einander die Hand. Der Lehrer stieg ein. Matz und Uli beugten sich aus dem Wagenfenster und unterhielten sich mit den Engländern. Der Stationsvorsteher gab das Abfahrtszeichen. Der Zug rollte aus dem Bahnhof. Es wurde fleißig gewinkt.

Garmisch-Partenkirchen war verschwunden. Doktor Bökh saß den Jungen gegenüber und las Zeitung. Die zwei kleinen Verbrecher wagten nicht zu sprechen. Matthias baumelte mit den Beinen und hatte Hunger. Er hatte zwar belegte Brote eingesteckt, aber er traute sich nicht, sie auszupacken.

Uli hielt das Schweigen nicht mehr aus. Er hüstelte, und dann sagte er leise: »Seien Sie doch wieder gut, Herr Doktor!«

Bökh legte die Zeitung beiseite und sah die Jungen streng an. »Dass ihr Strafe verdient, seht ihr ein.« Die beiden nickten. »Euch während der Osterferien in die Schule zu sperren, erscheint mir als Methode ziemlich fragwürdig. Wer soll auf euch aufpassen? Ich selber werde nicht da sein. Ich will eine Fußwanderung durchs Maintal unternehmen. Und ohne Lehrer würdet ihr nichts als Dummheiten machen.«

»Nein!«, rief Uli entsetzt.

»Doch«, sagte Matthias verlegen. »Ich kenne mich.«

Doktor Bökh hätte beinahe gelacht. Er blickte zu Boden und runzelte die Stirn. Dann fuhr er fort. »Da ihr in den Ferien nicht nach Hause fahren sollt, und da man euch andererseits nicht ohne Aufsicht lassen kann, habe ich beschlossen, dass ihr mich zur Strafe auf meiner Mainwanderung begleiten werdet.« Er erhob sich. »Keine Widerrede! So, und jetzt gehe ich in den Speisewagen. Ich habe Durst.« Er verließ das Abteil.

Die zwei Jungen blieben sitzen. Uli schluckte schwer. Am liebsten hätte er vor Freude geheult. Matthias packte die belegten Brote aus, biss in eines hinein, gab Uli ein anderes und sagte, während er kaute, begeistert: »Für diesen Mann könnte ich mich schlachten lassen.«

»Ich mich auch«, meinte Uli ergriffen.

»Ach, Mensch«, knurrte Matthias, »dafür bist du viel zu mager!«

Davos – Schneezauberei und Maskerade

An Ida Kästner – Reisevorbereitungen und Grüße aus Davos

13.12.1937

… ich habe soviel Arbeit, daß ich unmöglich am 15. Jan. nach Davos fahren kann. Ich muß es auf 1. Febr. verschieben. Hoffentlich paßt das der Kurverwaltung.

4.1.1938

Hier liegt der Schnee seit heute früh auch sehr hoch. Es macht richtig Spaß, obwohl zum Spazierengehen keine Zeit ist. (…)

Übrigens Fahrkarte Davos krieg ich hier hin und zurück. Ich glaube, mit Schlafwagen 250 M etwa. Na, ich brauch ja dort nichts außer der 10 Mark.

8.1.1938

Das mit Reisescheck 50 M gibt's nicht für die Schweiz. Und Lawinen gibt's so hoch gar nicht mehr. Ja, es stand viel davon in der Zeitung. Ich hab eigentlich gar keine Zeit zum Reisen. Aber so ein Angebot kommt nicht so bald wieder, u. Erholung brauch ich wirklich auch.

Kästner mit Luis Trenker (2. v. r.) und dem Ehepaar Kern. Auf der Rückseite Kästners Zeilen an seine Mutter vom 22. 2. 1938

12. 1. 1938

Wegen der Höhe ist alles in Ordnung. Davos liegt 1550 m hoch und Sils Maria 1800 m. Und Sils Maria war mir (…) großartig bekommen. Und mein Herz war damals schlechter als heute.

Ich bin im Winter ja immer bißchen blaß u. grün. Da kann man nichts machen. Noch über 14 Tage Schwerarbeit, und dann wird sich erholt, daß es nur so knattert. Ach, freu ich mich auf Schlaf, Schnee und Sonne!

14. 1. 1938

Eben mit dem Verleger über den ersten Teil des Salzburg-Buchs geredet. Scheint ihnen, auch Walter T., recht gut zu gefallen. Werde in Davos zu Ende schreiben und gründlich durchkorrigieren.

21. 1. 1938

Ich fahre, wenn's irgend geht, am Montag, den 31. Jan., los.

[Davos] 15. 2. 38

Vielen Dank für Deine Zwingerkarte vom 13. 2. Die Post geht wirklich rasch. Heute schien die Sonne wieder. Herrlich. Hab fast 3 Stunden auf der Veranda, wo ich Ansicht schickte, gesessen. Heute abend ist Wohltätigkeitsball. Chevalier singt!

[Davos,] 22. 2. 1938

Ein Foto mit Luis Trenker. Nett, nicht? Nun ist die schöne Zeit bald um. Und das Wetter ist himmlisch. Ich sitz auf meinem Balkon – dem mittelsten in der ersten Etage – ohne Jackett, das Hemd offen. Es ist mindestens 40° in der Sonne, und ringsum Schneeberge, und heute nacht werde ich also 39 Jahre. Donnerlüttchen!

Der Zauberlehrling

Der Zauberkünstler

»Warum verfolgen Sie mich?«, fragte Mintzlaff halblaut. »Haben Sie mich denn noch nicht genug verwirrt? Ich habe Angst vor Ihnen, wenn Sie es nun schon wissen wollen; aber es macht mir keinen Spaß, vor anderen Menschen Angst zu haben, und ich bin es nicht gewöhnt, zum Teufel! Gehen Sie, bitte, ins nächste Abteil! Erschrecken Sie andere Leute, falls Sie ohnedem nicht leben können! Es gibt dankbareres Publikum für stellungslose Zauberkünstler als ausgerechnet mich.«

»Das glaube ich nicht«, hörte er den Baron sagen.

»Ich weiß, dass ich mich im Ton vergreife«, fuhr er heiser fort. »Ich habe auch nicht vergessen, dass es ausreichen würde, das, was ich Ihnen jetzt mitteile, nur zu denken. Aber ich habe genug davon, Ihnen gegenüber einen Taubstummen zu spielen, der den Mund allenfalls zum Gähnen besitzt. Halten Sie es denn nicht für unter Ihrer Würde, Ihre Überlegenheit an mir auszulassen? Ich will es Ihnen gern schriftlich geben, dass ich Sie für einen ungewöhnlichen Menschen halte, obwohl Ihnen bestimmt an meiner Meinung nichts liegt.«

Er stand auf und ging zur Tür. »Entschuldigen Sie meine Ungezogenheit! Ich habe ein wenig die Nerven verloren. Und da ich Ihnen nicht zumuten will, mir das Feld zu räumen, werde ich selber gehen!« Er wollte die Tür aufreißen.

Doch die Tür öffnete sich nicht, so sehr er an der Klinke rüttelte. Er versuchte es noch einmal. Dann drehte er sich langsam um und sah, mit blassem Gesicht, den Baron an.

Lamotte zuckte die Achseln und lächelte, als wisse er, dass es ja doch vergeblich sein werde, sich herauszureden. »Es stimmt«, sagte er dann. »Die Tür geht tatsächlich nur deshalb nicht auf, weil ich es so wünsche. Ein kleiner, dummer Trick, das gebe ich zu. Aber was soll ein stellungsloser Zauberkünstler wie ich schließlich weiter tun als ein bißchen zaubern? Auch ein Talent kann zur schlechten Angewohnheit werden.« Er schien geradezu verlegen. »Versetzen Sie sich, bitte, in meine Lage! Ich kann Sie doch nicht im Bösen aus dem Abteil laufen lassen! Ich möchte, dass Sie hierbleiben, denn Sie sind mir doch sympathisch! Sagte ich Ihnen das nicht schon in München? Ich wollte Sie wirklich nicht erschrecken, sondern ich wollte Eindruck auf Sie machen, das war es! Rührt Sie dieses Selbstbekenntnis gar nicht?«

Seine Augen strahlten. Er wies auf die Bank. »Nehmen Sie wieder Platz! Immer wollen Sie vor mir davonlaufen. Es wird Ihnen nicht gelingen, das können Sie mir glauben! Denn ich brauche einen Menschen, der weiß, wer ich bin; und der Mensch, der es erfahren soll, sind Sie!«

Mintzlaff stand noch einen Augenblick unschlüssig an der Tür.

»Nein«, sagte der Baron, »auch das Einschlagen der Glasscheibe in der Tür wird Ihnen nichts nützen. Sie sollten allmählich einsehen, dass ich mehr kann als Gedankenlesen.«

Mintzlaff setzte sich zögernd in seine alte Ecke am Fenster und ärgerte sich. Wie hatte er sich nur so undiszipliniert aufführen können! Dergleichen widersprach absolut seinem vornehmsten Ziel: der Selbsterziehung. Es stand außer Frage, dass er sich, so betrachtet, schlecht benommen hatte.

»Nicht nur ich, auch Sie sind eitel!«, sagte der Baron nicht ohne

Genugtuung. »Ein Mensch, der nicht mehr erschrecken kann, ist kein Mensch, sondern ein Narr oder ein Fleischerhund. Davon abgesehen, will ich trotzdem versuchen, Ihnen neue Ängste zu ersparen; denn Sie empfänden sie als Demütigung, und das liegt völlig außer meiner Absicht. Das Beste wird sein, wenn ich die Mitteilung, die ich Ihnen machen möchte, vorsichtig dosiere.«

Der junge Kunstgelehrte runzelte die Stirn. »Ich komme mir vor, als sei ich beim Zahnarzt, der eine schmerzhafte Behandlung, aus Rücksicht auf den Patienten, über Wochen ausdehnt.«

»Tun Sie das! Kommen Sie sich wie beim Zahnarzt vor!« bemerkte der andere. »Und nehmen Sie, bitte, die erste Dosis zur Kenntnis: Ich heiße nicht Lamotte, und ich bin kein Baron.«

»Diese Eröffnung«, meinte Mintzlaff, »bestürzt mich keineswegs. Was ich viel mehr als solche Lügen fürchte, ist die Wahrheit.«

Der Fremde fuhr nach einer Pause, anscheinend über sich selber belustigt, fort: »Manchmal ist es ungleich schwerer, zu bekennen, wer man ist, als zu erklären, wer man nicht ist!« Er nagte an der Unterlippe und blickte nachdenklich in den stahlblauen Himmel, der sich über der tiefverschneiten, glitzernden Landschaft wolkenlos heiter ausspannte. In diesem Augenblick fuhr der Zug in einen Berg hinein. Die Lampe an der Decke des Abteils glomm auf. Die Tunnelwände glänzten vor Nässe.

Stumm saßen die beiden Männer einander im Halbdunkel gegenüber. Der Fremde hatte den Kopf gesenkt und starrte auf seine Schuhe.

Allmählich verfärbte sich die künstliche Dämmerung, bis dann, am Ausgang des Tunnels, die Sonne wieder, und nun mit noch mehr Gewalt, über die Erde herfiel.

Mintzlaff schloss geblendet die Augen. Hinter seinen Lidern kreisten funkelnde Transmissionen, und goldene Garben stiegen wie bei einem phantastischen Feuerwerk empor.

»Sehen Sie den einsamen Baum?«, fragte der andere.

Mintzlaff öffnete die Augen halb und blinzelte zum Fenster hinaus. Der Zug fuhr soeben in einer weiten Schleife um eine weiße Bergkuppe herum, auf deren höchstem Punkt eine riesige Tanne stand. »Menschen sind nicht in der Nähe«, sagte der falsche Baron so leise, als spreche er mit sich selber. »Man kann es wohl riskieren.« Lauter fügte er hinzu: »Schenken Sie dem Baum, bitte, eine Minute lang Ihre Aufmerksamkeit!«

Mintzlaff fasste die Tanne fest ins Auge.

Plötzlich war ihm, als zucke ein greller Blitz aus dem wolkenlosen Himmel zur Erde nieder. Konnte das möglich sein?

Und da! Der Tannenwipfel wankte, als komme Sturm auf. Schneewolken stoben aus den Zweigen. Der Riesenbaum neigte sich zur Seite. Die Verbeugung wurde immer tiefer. Und dann fiel er schließlich, als werde er von unsichtbaren Waldarbeitern gefällt, langsam und lautlos in das weiße Feld. Der Schnee stieg wie brauender Nebel hoch und sank wie eine Fontäne, die abgedreht worden ist, zur Erde zurück.

Nach einer Spanne des Schweigens sagte der Baron recht sachlich: »Entschuldigen Sie das kleine Naturschauspiel!«

Mintzlaff versuchte leichthin zu lachen. »O bitte, das macht nichts. Ihre Art, sich dosiert vorzustellen, entbehrt jedenfalls nicht einer gewissen Originalität.« (…)

Der Baron zupfte an seinem Schnurrbart. »Wenn ich nicht wüsste, wer Sie sind, zöge ich allmählich strengere Saiten auf!«

»Sie wissen, wer ich bin?«

»Ziemlich genau, mein Herr. Sie sind, trotz Ihres jugendlich ironischen Wesens, Universitätsprofessor, ja, Sie sind es bereits nicht mehr, weil Ihnen, fanden Sie eines Tages, mehr daran liegt, im eigenen Kopf Ordnung zu schaffen als in nicht immer hierzu bestimmten fremden Köpfen.«

Mintzlaff wagte kaum Atem zu holen.

»Sie schreiben Aufsätze und Bücher über grundlegende Kunstbegriffe, und jetzt fahren Sie nach Davos, um vor dem dortigen Kunstverein, auf dessen Einladung hin, einen Vortrag zu halten. Ursprünglich wollten Sie schon vor vierzehn Tagen reisen, doch dann baten Sie um vier Wochen Aufschub, weil Sie, einen Tag vor der Abfahrt, eine hübsche, wirklich sehr hübsche junge Dame, die auf den Vornamen Hedwig hört, zufällig wiedertrafen. Sie empfanden, übrigens zu Recht, dass die neuerliche Begegnung kein Zufall war, und blieben in Berlin, bis Sie vor nunmehr drei Tagen ein merkwürdiges Telegramm erhielten, in dem Ihnen von unbekannter Seite geraten wurde, sich sofort und unangekündigt in Davos einzufinden. Habe ich recht?«

Ein rätselhaftes Plakat

In Davos-Platz, der Endstation der Rhätischen Bahn, verließen die beiden den Zug.

Ganze Rudel sonnengebräunter junger Leute sprangen lachend aus den Abteilen. In das Holzkonzert der klappernden Skibretter, die man aus den Wagen hob und schulterte, mischte sich das Gepolter und Getrampel schwerer Stiefel. Die Metallspitzen von Skistöcken schepperten auf dem Bahnsteig, und ein nahezu babylonisches Sprachengewirr erfüllte die Luft.

Der Baron und Mintzlaff warteten lächelnd, bis die wilde Jagd vorüber war. Dann trugen sie Sorge, dass ihre Koffer im Gepäckraum untergestellt wurden, und erst, nachdem das zu ihrer Zufriedenheit erledigt war, traten sie ins Freie.

Noch schien die Nachmittagssonne. Blaue Schatten lagen auf den meterhohen Schneematratzen. Die kalte, klare Gebirgsluft ließ sich merkwürdig leicht atmen. Von irgendwoher drang Walzermusik. Wahrscheinlich war eine Eisbahn in der Nähe.

Sie spazierten, am Rathaus vorbei, bergan, bis sie eine Straße erreicht hatten, auf der sich Autos und Autobusse hupend ihren Weg bahnten. Es unterlag keinem Zweifel: Sie befanden sich, obwohl sechzehnhundert Meter hoch, in einer Stadt!

Vielfenstrige Hotelpaläste lehnten an den weißen Hängen. Geschäftshäuser und Konsulatsgebäude flankierten die Straße. Bunte Plakate kündigten für den Abend amerikanische Filme an. In den Schaufenstern gab es Pariser Abendkleider und Fracks nach dem neuesten Schnitt zu bewundern. Eine Kavalkade von zehn Schlitten kam daher. Mit Peitschenknall, fröhlich klingenden Glöckchen und schnaubenden Rössern.

Der Baron war stehen geblieben und schaute hinterdrein. »So viele schöne Frauen!« sagte er begeistert. »Es war eine gute Idee, hierherzufahren.«

Mitten in dem vergnügten Gewimmel der heimkehrenden Sportler standen drei Neger. Sie umrahmten einen in einem Eisbärenfell steckenden Einheimischen, zeigten ihre weißen Zähne und ließen sich von dem Bärenführer fotografieren. Der Eisbär sprach Deutsch, Englisch und Französisch. Mintzlaff atmete die kühle Luft so selig ein, dass es klang, als ob er seufzte. Hoch über dem Gebirgstal und der Stadt, die sich langsam in Dämmerung hüllten, funkelten sonnige Eisgipfel. Es war wie im Märchen.

»Nun, Sie Traumprinz!«, meinte Lamotte gutmütig. »Dort drüben sehe ich das Büro des Verkehrsvereins. Wenn ich nicht irre, werden Sie sich melden wollen.«

Sie überquerten die Straße.

»Ich werde vor der Tür auf Sie warten«, sagte der Baron. Doch Mintzlaff blieb, statt das Haus zu betreten, wie angewurzelt davor stehen und starrte entgeistert auf ein Plakat, das an der Hauswand klebte. Auf dem Plakat war Folgendes zu lesen:

Mittwoch! Mittwoch!

Auf Einladung der Kunstgesellschaft
und des Verkehrsvereins Davos findet
im Großen Saal des Kurhauses
ein einmaliger Vortrag des bekannten Kunstgelehrten
Prof. Dr. Alfons Mintzlaff statt.
Das Thema des Vortrags lautet
DER HUMOR ALS WELTANSCHAUUNG
Anschließend Diskussion! Kartenverkauf in den Geschäftsstellen
der veranstaltenden Vereine.
Beginn des Vortrags 9 Uhr abends

Mittwoch! Mittwoch!

Mintzlaff rieb sich die Augen und trat einen Schritt näher. Dann las er das Plakat, das ihn so in Erstaunen gesetzt hatte, noch einmal. Danach sagte er nur: »Das verstehe, wer will.«

Der Baron führte den Fassungslosen die Stufen zum Kurhauscafé hinauf, schob ihn durch die Tür, half ihm sogar aus dem Mantel und drückte ihn in einen Stuhl.

Nachdem er zwei Hennessy bestellt hatte, sagte er: »So, und nun erleichtern Sie Ihr vom Donner gerührtes Gemüt!«

»Das Plakat!«, murmelte der andere.

»Ganz recht, das Plakat!«

Mintzlaff riss sich zusammen und holte tief Luft, ehe er fortfuhr: »Hier glaubt man doch, dass ich erst in vierzehn Tagen eintreffe! Wenn dem aber so ist – wie kann man dann meinen Vortrag für Mittwoch ansetzen?« Er sah dem Baron misstrauisch in die Augen.

Dieser schüttelte belustigt den Kopf. »Nein, nein! Ich habe mit dem Plakat ebenso wenig zu schaffen wie mit der Depesche!«

»Richtig, die Depesche!« Mintzlaff fröstelte. »Davos entpuppt sich als Rätselecke! Oder sollte ich dem Verkehrsbüro versehentlich ein falsches Datum mitgeteilt haben?«

»Das glaube ich nicht«, sagte der Baron. Die Kellnerin brachte die Kognaks. Nachdem sie getrunken hatten, fragte Mintzlaff: »Könnten Sie mich über meine mir völlig unübersichtliche Lage aufklären? Sie wissen vermutlich ungefähr, wie die Dinge zusammenhängen.«

Lamotte wehrte entschieden ab. »Ich werde Ihnen, obwohl ich in der Tat einiges weiß, kein Wort im Voraus verraten.«

»Und weswegen nicht?«

»Sie lehnen es doch sonst ab, der Zukunft in die Karten zu sehen! Bleiben Sie standhaft, junger Mann!«

»Auch gut, Herr Baron. Dann werde ich, da Sie mich so taktvoll im Stich lassen, zunächst einmal versuchen, die Gefechtslage zu skizzieren. Ich komme, auf Grund einer Depesche, die keinen Absender nennt, unangemeldet und zwei volle Wochen vor dem hier bekannten Termin nach Davos. Da sehe ich ein Plakat und muss feststellen, dass mein Vortrag bereits in drei Tagen stattfindet und dass ich, der ja sozusagen am Mittwoch noch gar nicht da sein wird, über ein Thema zu sprechen gedenke, über das ich gar nicht sprechen will.«

Plötzlich stand er auf.

»Gehen Sie nur!«, meinte der Baron. »Es wird das Beste sein. Ich warte.«

Mintzlaff lief ohne Hut und Mantel aus dem Cafe.

Der Baron ließ sich noch einen Hennessy bringen und schaute sich geruhsam um.

In der Mitte des großen Raums spielten ältere Holländer und Engländer Billard. Sie waren zwar schon im Abenddress, hatten jedoch die Smokingjacken ausgezogen und an Garderobeständern aufgehängt. Nun standen sie, hemdärmelig und die Queues pflegend, ernst und schweigsam den Kellnern im Wege oder beugten sich, merkwürdig verrenkt und wie zielende Wilddiebe dreinblickend, über die mit grünem Tuch bezogenen Tische und stießen zu. Die Elfenbeinkugeln klapperten; manchmal gehorchten sie, manchmal nicht.

Wer aufhören musste, räumte dem Gegner wortlos und gottergeben das Feld, markierte den Punktgewinn und verlegte sich von neuem aufs Warten.

»Da bin ich wieder«, sagte Mintzlaff und nahm Platz.

Lamotte sah ihn prüfend an. »Wenn ich nicht irre, machen Sie ein noch verdutzteres Gesicht als vorher.«

»Machen Sie sich über mich lustig?«

»Nein.«

Mintzlaff lachte ärgerlich. »Der Direktor des Verkehrsvereins war nicht im Büro. Ich fragte einen der Angestellten, seit wann der Herr Professor Mintzlaff in Davos weile.«

»Und was wurde Ihnen geantwortet?«

»Darf ich vorher eine Frage stellen?«

»Ich bitte darum.«

»Wissen Sie ganz sicher, dass ich, mit Ihnen gemeinsam, erst vor knapp einer Stunde in Davos eingetroffen bin?«

»Ich kann es beschwören«, sagte der Baron.

»Trotzdem befinden wir uns beide in einem grundlegenden Irrtum. Es ist nicht wahr, dass ich eben erst in Davos eingetroffen bin. Ich bin bereits seit einer Woche hier!« Mintzlaff runzelte die Stirn. »Man gab mir bereitwilligst nähere Auskünfte. So wohne ich – dies nur als Beispiel – im Grandhotel Belvedere. Ich habe ein Zimmer mit Bad sowie einen Balkon nach der Südseite.«

»Das ist doch großartig.«

»Tagsüber macht man mit mir Schlittenausflüge in romantisch abgelegene Täler, frühstückt dort in Sonne und Schnee und fotografiert mich nach Herzenslust. Wenn ich allein sein will, um in Ruhe nachzudenken, kann ich, mit Freifahrkarten ausgestattet, die Drahtseilbahnen benützen und von dort aus einsame Skitouren unternehmen.«

»Was wollen Sie mehr?«, fragte der Baron. »Die Leute geben sich doch wirklich alle erdenkliche Mühe.«

»Abends bin ich sehr viel eingeladen. Denn die gebildeten Kreise hierorts sind künstlerisch ungewöhnlich interessiert. Und außerdem gelte ich als guter Gesellschafter.«

»Welch angenehme Überraschung!«, sagte der Baron. »Und was gedenken Sie nun zu tun?«

»Genau weiß ich das noch nicht. Aber wenn mich nicht alles trügt, gedenke ich auf der Stelle ins Grandhotel zu gehen, um mir dort selber einen Besuch abzustatten und bei dieser Gelegenheit eins hinter die Ohren zu hauen!«

»Das dürfen Sie nicht! Gerade Sie dürfen das nicht!«

»Weshalb nicht?«

»Weil Sie, als berufener Erforscher der Komik, des Witzes und des Humors, die verdammte Pflicht und Schuldigkeit haben, über der Situation zu stehen.«

»Sie verlangen ein bisschen viel von mir!« Mintzlaff schlug mit dem Zeigefinger mehrmals auf die Tischkante. »Sie müssen wissen …«

»Dass Sie, weil Sie vom Davoser Verkehrsverein eingeladen worden sind, nur wenig Geld bei sich haben.« Der Baron klopfte dem anderen auf die Schulter. »Wenn Sie jetzt zum Verkehrsverein stürzen und den Direktor aufklärten, verdürben Sie sich selber und auch mir den Spaß. Stellen Sie sich doch vor, wie lustig das sein wird, wenn wir am Mittwoch, hier im Kurhaus, oben im Großen Saal, unter den Zuschauern sitzen und den lichtvollen Ausführungen Ihres anderen Ichs lauschen werden!«

»Aber …«

»Es gibt kein Aber«, erklärte Lamotte kategorisch. »Da ich ein Zauberer bin, spielt Geld keine Rolle. Sie können sich im nobelsten Hotel einquartieren – ich hexe Ihnen jeden Betrag in die Brieftasche.« Er streckte die Hand über den Tisch.

Mintzlaff schlug ein. »Ich nehme Ihren Vorschlag an.«

»Bravo!« (…)

»Dann kann die Stegreifkomödie ihren Anfang nehmen!«

»Nachdem wir uns Quartiere gesucht und zu Abend gegessen haben werden, wollen wir versuchen, die flüchtige Bekanntschaft des falschen Herrn Mintzlaff zu machen. Ich glaube, dass uns das unschwer gelingen wird.«

»Ich bin gespannt, wie ich aussehe.«

Der Baron winkte der Kellnerin und zahlte. Dann gingen sie. Die hemdärmeligen Herren aus Holland und England spielten noch immer Billard.

Draußen war es mittlerweile dunkel geworden. Laternen brannten. Die Straße lag fast menschenleer. In den Hotels und Pensionen waren, in langen schimmernden Reihen, die Zimmerfenster erleuchtet. Die Gäste kleideten sich wohl zum Dinner um.

Der Schnee knirschte ärgerlich. Es war so kalt, dass die Nasenflügel engfroren.

»Ehe wir es vergessen«, sagte der Baron plötzlich, »wie werden Sie denn nun heißen?«

»Was?« Mintzlaff blieb stehen. Unmittelbar darauf lachte er schallend. »Tatsächlich! Ich muß mir ja einen anderen Namen beilegen!«

»Zwei Professoren Mintzlaff sind für Davos entschieden zu viel. Was halten Sie von dem klangvollen Namen Kilian Perathoner?«

Hotel Victoria

Der Baron, der kein Baron war, hatte es sich nicht nehmen lassen, Mintzlaff, der nun Jennewein hieß, in ein ruhiges Hotel, das vorwiegend von Engländern und Engländerinnen bewohnt schien, zu begleiten und dort in einem netten Zimmer unterzubringen, zu dem eine geräumige Südloggia und ein Bad gehörten.

Dann erst hatten sich die Herren getrennt, nicht ohne sich für später in der Bar des Hotels, das zu Ehren der langlebigen englischen Königin Hotel Victoria hieß, verabredet zu haben.

Nachdem Lamotte seinen Schützling hinreichend versorgt wusste, war er mit einem Pferdeschlitten davongefahren. Näheres hatte er nicht mitgeteilt, und Mintzlaff hatte nicht weiter gefragt; denn seine Neugier war vorläufig besänftigt. Die Rätsel der letzten Tage und Stunden beschäftigten ihn vollauf.

Außerdem musste er die Koffer auspacken, den Smoking zum Bügeln geben, dem Schweizer Stubenmädchen klarmachen, dass er erstaunlicherweise kein Angelsachse sei, und baden musste er auch. Schließlich erwuchs ihm die keineswegs leichte Aufgabe, den Anmeldezettel auszufüllen. So schwer es ihm ein Leben lang gefallen war, sich mit dem Namen Mintzlaff abzufinden, so viel Mühe machte es nun wieder, plötzlich anders zu heißen.

Endlich war das Formular vollgelogen.

Er war nun also ein Dr. phil. Ludwig Jennewein, von Beruf Verlagsbuchhändler, in Leipzig wohnhaft. Er nahm sich noch vor, falls das Gespräch gelegentlich auf den Zweck seiner Reise kommen sollte, beiläufig zu erklären, dass er Davos besuche, um, wenn möglich, neues Material über Robert Louis Stevenson zu sammeln, dessen bündige Biographie herauszugeben ihn seit langem beschäftige.

Stevenson war, das wusste Mintzlaff, in den achtziger Jahren des vorigen Jahrhunderts wiederholt in Davos gewesen, hatte hier, hoch oben im Gebirge, Heilung gesucht und »The Silverado Squatters« zu schreiben begonnen. Dass ein gründlicher Verleger nach Davos kam, um Ermittlungen anzustellen, mochte durchaus plausibel erscheinen.

Als er später, auf dem Weg zum Speisesaal, von dem freundlichen Hotelier begrüßt wurde, brachte er kurz entschlossen die Sprache auf die angebliche Absicht seiner Reise.

Kaum dass ihm vom Oberkellner ein kleiner Tisch angewiesen worden war, tauchte der Herr des Hauses von neuem auf und legte ihm strahlend ein Buch neben den Suppenteller. Das Buch hieß: »Robert Louis Stevenson at Davos« und stammte von einem Mann namens Lockett, der über dreißig Jahre in Davos als englischer Konsul gelebt hatte.

Mintzlaff tat natürlich so, als ob er diese Quelle längst kenne, versprach aber, gelegentlich darin zu blättern.

Das besorgte er dann auch schleunigst, und zwar während der ganzen Mahlzeit. Denn wenn er schon für einen Kenner Stevensons gelten wollte, konnte ihm eine solche Lektüre nur nützlich sein.

Er blätterte noch darin, als er in der Bar saß und auf Lamotte wartete.

Die englischen Gäste – die meisten in Abendkleidern, andere noch im Sportdress – tranken Whisky und warfen mit spitzen Metallbolzen nach einer an der Wand hängenden hölzernen Scheibe. Das Spiel schien, so einfach es aussah, nicht ganz leicht zu sein.

Die Gattin und der Sohn des Hoteliers kamen, um zu fragen, ob Herr Doktor Jennewein an der Tischtenniskonkurrenz des Hotels teilnehmen wolle. Nachmeldungen würden noch angenommen. Seiner Versicherung, dass er für einen Wettbewerb zu schlecht spiele, wurde wenig Glauben geschenkt. Sie erkundigten sich anschließend höflich nach den sonstigen sportlichen Absichten des neuen Gastes.

Als er ihnen erklärt hatte, dass er wegen eines organischen Herzleidens nicht Ski fahren, höchstens eislaufen dürfe und sich am ehesten darauf freue, allein durch verschneite Wälder zu spazieren oder irgendwo in der Sonne zu liegen, maßen sie seine große, kräftige Gestalt mit unverhohlener Anteilnahme. Nun verstanden sie wohl, dass er Bücher verlegte.

Endlich kam Lamotte.

Er wirkte, im gutsitzenden zweireihigen Smoking, wie ein eleganter Riese, wie ein Jason oder Theseus der Neuzeit.

Die in der Bar anwesenden Damen waren fasziniert. Sie nahmen ihm mit den Blicken förmlich Maß. Er hatte nichts dagegen, aber es interessierte ihn auch nicht über Gebühr.

»Sind Sie gut untergebracht, Doktor?«, fragte er, während er sich in einem der bequemen Sessel niederließ.

»Ausgezeichnet, Herr Baron. Man ist nur nicht ganz damit einverstanden, dass ich wie ein Sportsmann wirke, ohne einer zu sein!«

Lamotte blickte einer großen blonden Engländerin, die auf einem Barhocker saß und ihn kühl musterte – es sah eher aus, als sei sie auf dem Pferdemarkt und schätze einen Zuchthengst ab –, streng in die eisblauen Augen.

Jetzt beugte sie sich weit vor. Ihr Nachbar sprach auf sie ein. Sie nahm keine Notiz davon.

»Ein Verleger aus Leipzig ist nicht verpflichtet, Wintersport zu treiben«, erklärte der Baron. »Noch dazu, wenn der Ärmste einen Herzfehler hat. Ihr Herz ist übrigens nicht nur organisch in Unordnung; es ist überhaupt nicht in Ordnung.«

Mintzlaff wollte fragen, was Lamotte meine, aber er kam nicht dazu.

Denn die Engländerin glitt von ihrem Barhocker herunter, ging zwei Schritte auf den Baron zu und blieb dann, wie angenagelt, mitten im Raum stehen. Ihre Augen waren starr auf Lamotte gerichtet. Sie trug ein silbernes Abendkleid und sah aus wie eine Amazone.

»So«, sagte der Baron halblaut. »Dort mag sie stehen bleiben! – Ich kann diese Sorte Frauen nicht leiden, müssen Sie wissen. Dafür, dass sie keinen Funken Gefühl im Leibe haben, kann man sie vielleicht nicht verantwortlich machen. Doch dass sie sogar noch stolz darauf sind und ihre kalte Lebensgier staunend bewundern, statt sich ein wenig zu schämen, erbost mich stets von neuem.«

»Ihre Fähigkeit, Gedanken zu lesen, hat zu dieser Abneigung gewiss nicht wenig beigetragen.«

»Es sind Menschenfresserinnen«, sagte der Baron. Dann erhob er sich. »Wir wollen gehen. Lots Weib mag sich noch ein Weilchen als Salzsäule betätigen.«

Sie verließen die Bar und nahmen draußen im Flur ihre Mäntel vom Haken. Als sie, wenig später, auf die Hoteltür zuschritten, hörten sie noch, wie der Hotelier zu seiner Frau sagte: »Was ist denn in der Bar geschehen? Sie sitzen und stehen herum wie im Dornröschenschlaf!« »Und Mrs Gaunt weint!«, ergänzte die Frau.

Der Mann schüttelte ratlos das international erfahrene Haupt. »Mrs Gaunt weint? Das ist doch unmöglich!«

Und die Frau erwiderte: »Vielleicht weint sie nur aus Versehen?«

Lamotte und Mintzlaff spazierten seit einer Viertelstunde die Hauptstraße auf und ab. Die kalte Nachtluft und der klare Sternhimmel taten gut. Der Schnee war jetzt glatter als Parkett. Die beiden Herren mussten einander unterhaken.

Schlittenglöckchen klingelten. Tanzmusik drang aus verschiedenen Himmelsrichtungen in die Nacht, so dass sich die Tonarten und Rhythmen bunt vermischten. Seltsamerweise störte es nicht.

»Wollen Sie mir einen Gefallen tun?«, fragte der Baron. »Achten Sie, bitte, darauf, dass ich mich etwas mehr beherrsche. Ich zaubere zu viel!« (...)

»Steht die kühle Dame aus England eigentlich immer noch auf dem gleichen Fleck?«, fragte Mintzlaff. »Und weint sie noch immer?«

»Da haben wir es«, meinte der Baron ärgerlich. »Es ist ein wahres Glück, dass Sie mir begegnet sind!« Er schwieg einen Augenblick, dann fuhr er fort: »So, das wäre erledigt! Nun kann die kleine Gesellschaft aufwachen und tun, als sei nichts gewesen.«

»Warum haben Sie die Dame weinen lassen?«

»Damit sie endlich einmal traurig wurde«, erklärte Lamotte.

Auf der Schatzalp

Da Mintzlaff am nächsten Morgen, trotz der anstrengenden Ereignisse des Vortags, früh erwacht war, ließ er sich Zeit und frühstückte mit angemessener Sorgfalt auf der sonnenüberfluteten Terrasse des Hotels.

Von dieser Terrasse aus sah man zu den weitläufigen Eisplätzen hinüber, wo sich die Davoser Schuljugend tummelte. Ein paar Jungen übten unermüdlich an einem schwierigen Sprung. Und kleine Mädchen drehten auf ihren überlangen Kinderbeinen Pirouetten, dass die Zöpfe waagrecht vom Kopf abstanden.

Auch ein Stück der Straße ließ sich überblicken. Die Autobusse und Schlitten, die nach Davos-Dorf fuhren, hatten Überfracht. Hunderte und Aberhunderte wurden zur Talstation der Parsennbahn transportiert. Hundertvierzig Menschen hisste die Seilbahn mit jeder Fracht elfhundert Meter höher. Siebenhundert Menschen konnten in einer Stunde maschinell himmelan in den ewigen Schnee befördert werden!

Mintzlaff folgte, nachdem er gefrühstückt hatte, diesem Strome nicht, sondern schlug die entgegengesetzte Richtung ein und kraxelte, nicht ohne zuvor einen handfesten eisenbeschlagenen Stock erworben zu haben, in aller Gemütlichkeit zur Schatzalp hinauf.

Der Weg wand sich in Serpentinen durch hochstämmige, dick zugeschneite Tannenwälder. Hier war die Luft, da die Sonne nicht durch die Wipfel drang, frisch wie kühle Seide.

Manchmal trat der Wald zurück und machte kleinen Aussichtspunkten mit grünen Bänken Platz.

Im Tal lag Davos, rings von Bergen eingekesselt, ein Paradies aus Sonnenschein und Schnee.

Manchmal kreuzte der Weg eine Abfahrt. Nicht frei von Neid blickte Mintzlaff hinter den Skifahrern her, die wie Pfeile angeflogen kamen und, sich in die Kurve schwingend, talwärts verschwanden.

Die wenigen Spaziergänger, denen er begegnete, machten in einer Gegend, wo man gewöhnt war, mit Bahnen bergauf und auf Brettern bergab zu sausen, den Eindruck, als seien sie aus Museen heimlich entwichene Restbestände.

Einer der musealen Wanderer, die ihm entgegenkamen, war übrigens »Herr Professor Mintzlaff«, der sich, nachdem er kurz des gestrigen Abends gedacht hatte, angelegentlich nach Jenneweins Verlagsplänen erkundigte.

Das veranlasste wiederum den »Verleger Ludwig Jennewein aus

Davos-Platz mit Hoher Promenade, Blick auf Tinzenhorn und Piz Michel. Ansichtskarte, um 1940

Leipzig«, dem Professor Fragen zu stellen, deren Beantwortung dem Herrn mit dem Einglas, so wenig er es sich anmerken ließ, nicht gerade lieb und angenehm sein konnte.

Man verabschiedete sich lächelnd und gab der Hoffnung auf ein baldiges Wiedersehen lebhaften Ausdruck.

Hinter der Schatzalp gab es zwar noch Wegweiser, aber keine Wege mehr. Und als Mintzlaff einige Male metertief im Schnee eingesunken war, brach er das unwirtliche Unternehmen ab, kehrte um und setzte sich vor ein kleines anheimelndes Wirtshaus, das am Berghang klebte. Er trank einen Schoppen Roten und schaute den Skiläufern zu, die vom Strelapass herunterpreschten, auf der Schatzalp bremsten und sich gegen Entgelt von dem sogenannten Skilift wieder zum Strelapass hinaufbugsieren ließen, um dann erneut herunterzupreschen.

Der Skilift war eine fröhliche Erfindung: Er war nichts weiter als ein über mehrere Masten laufendes Band mit in Abständen angebrachten schaukelähnlichen Sitzgelegenheiten. Wenn einer der Sitze die Fußstation des Lifts passierte, griff der Skifahrer zu, setzte sich rasch, behielt die Skier auf der Erde und fuhr nun, ohne weitere Mühewaltung, steil bergan. Die Bergwelt war wirklich mit jeglichem Komfort ausgestattet! Wer hier, in den höchsten Bezirken, etwa ein Bein brach, wurde umgehend von eigens zu diesem Zweck angestelltem Personal auf Sanitätsschlitten bis zum Krankenhaus gerodelt. Nur die Tabletten, die man einnehmen musste, um die Beine überhaupt nicht zu brechen, waren noch nicht erfunden. Aber auch da handelte es sich vermutlich nur um eine Frage der Zeit.

Mintzlaffs Tisch stand an der glühend heißen Hauswand, und an der Hauswand hing ein Thermometer, das vierzig Wärmegrade anzeigte.

Wenige Minuten später segelte eine weiße Wolke sonnenwärts. Nun sank das Quecksilber rasch auf achtundzwanzig, dann bis auf siebzehn Grad. Und als die Wolke die Sonne verdeckte, waren gar nur noch acht Grad. Doch die Wolke musste glücklicherweise weiter, und jetzt kletterte die Temperatur schnell wieder empor, bis die Sonne von neuem unbehelligt am Firmament erstrahlte, das Thermometer wieder vierzig Grad meldete und Mintzlaff die Jacke auszog.

»Da fährt ja einer wie der Teufel!«, sagte der Wirt und blickte fachmännisch den Berg hinan. »Wer kann denn das sein?« Er meinte einen Skiläufer, der schnurgerade den Steilhang herunterschoss, pfeilschnell näher kam, als wolle er mitten in das friedliche Wirtshaus hineinfahren. Erst im vorletzten Moment schwang er sich herum und stand.

»Den kenn ich nicht«, sagte der Wirt. »Wie kann ein Mensch, der die Strecke noch nie gefahren ist, so leichtsinnig sein!«

Der leichtsinnige Mensch, den der Wirt nicht kannte, schnallte die Bretter ab und kam auf die Tische zu. Es war Baron Lamotte!

Er lachte über das ganze Gesicht, klopfte Mintzlaff auf die Schulter, setzte sich und bestellte einen Teller Suppe.

»Sie sind doch die Strecke zum ersten Mal gefahren?«, fragte der Wirt.

»Warum?«

»Schade, dass Sie die Zeit nicht haben abstoppen lassen. Sie haben sicher den Streckenrekord gebrochen.«

»Rekord?«, fragte der Baron. »Was gehen mich denn Ihre Rekorde an! Ich fahre schnell, weil es mir Spaß macht.«

»So einen unmodernen Menschen habe ich lange nicht gesehen«, erklärte der Wirt. »Sie gefallen mir.« Dann ging er die Suppe holen.

»Dass Sie alles übertreiben müssen«, meinte der Kunstgelehrte vorwurfsvoll. »Ich denke, Sie wollen nicht auffallen?«

Lamotte nickte. »Ich gebe mir große Mühe, aber es ist so schwer, das menschliche Maß einzuhalten! Sie ahnen gar nicht, *wie* schwer!«

»Sie Ärmster«, erwiderte Mintzlaff. Dann berichtete er von seiner Begegnung mit dem Hochstapler. »Ich fühlte ihm ein bisschen auf den Zahn und muss ehrlich sagen, dass er seine Rolle gründlich studiert hat. Er weiß, wo ich, das heißt er, geboren bin und an welchen Universitäten ich war. Er kennt meine, das heißt, seine Bücher und Aufsätze. Er weiß, dass ich unverheiratet bin. Er weiß sogar, in welchem Berliner Café ich täglich verkehre. Anfangs freute er sich über das rege Interesse, das ich, als Mensch und Verleger, an ihm nahm. Als ich ihn aber über die Auflagenhöhen seiner meisterlichen Werke auszuholen begann, wurde er nervös. Er scheint kein Fachmann zu sein, sondern eher ein kenntnisreicher Dilettant.« (…)

Der Baron blickte lächelnd den Berg hinan, den soeben eine Kavalkade von Skiläufern herabkam. Die ersten Fahrer bremsten nicht weit vom Gasthaus. Als Letzte folgte, in größerem Abstand, ein junges Mädchen, das eine lustige Kapuze trug.

Plötzlich sprang Mintzlaff in die Höhe und schrie aus Leibeskräften: »Hallo! Hallo!«

Die Skiläufer und die vor dem Wirtshaus sitzenden Gäste drehten sich hastig um. Was war denn geschehen? Warum schrie denn der Mann in einem fort »Hallo!«?

Auch das junge Mädchen hatte den Kopf gewendet. Dadurch verlor sie das Gleichgewicht und fiel jetzt, mit einem Juchzer, in den Schnee.

»Hallo!«, schrie Mintzlaff. Er wedelte dabei mit beiden Armen.

Da entdeckte ihn das Mädchen. Das vom Sturz eben noch verdutzte Gesicht leuchtete auf. Sie winkte mit den Skistöcken, strampelte sich lachend hoch und schnallte die Bretter ab.

Einer ihrer Begleiter kam zurück und fragte etwas. Aber sie schüttelte entschieden den Kopf, gab ihm eine kurze Antwort und stapfte, während er, offensichtlich enttäuscht, weiterfuhr, auf Mintzlaff zu, der ihr mit Riesenschritten entgegenlief.

Sie pflanzte die Bretter und Stöcke in den Schnee, stellte sich, trotz der schweren Stiefel, auf die Zehenspitzen und gab Mintzlaff einen Kuss.

»So«, meinte sie dann erleichtert. »Das wäre erledigt! Gott zum Gruß, alter Junge!«

»Hallo!«, sagte er, noch völlig verblüfft. »Ich wusste ja gar nicht, dass du in Davos bist!«

»Das liegt an deiner verdammten Halbbildung«, erklärte sie. »Außerdem weile ich erst ein paar Tage in diesen Mauern. Es gefiel mir nicht in Spezia. Der Großvater war zufällig selber guter Laune, und da konnte er mich nicht gebrauchen.«

Sie war eine zierliche Person und sah, mit den dicken Wollhandschuhen und unter der drolligen Zipfelkapuze, die sie trug, am ehesten wie ein Osterhase aus. »Bist du allein in Davos?«, fragte sie streng. »Oder hast du ein Weib bei dir?«

»Ich bin allein hier.«

»Dein Glück!« Sie hakte bei ihm unter und zog ihn zu dem kleinen Wirtshaus hinüber. »Ich gedenke, mich von dir zu irgendeiner Art Getränk invitieren zu lassen.«

»Und deine Begleiter?«

»Das junge Volk wartet an der Seilbahn, bis die Dame erscheint. Fragst du aus Mitgefühl mit ihnen, oder hast du Angst, du könntest mich nicht wieder loswerden!«

»Ich frage aus Angst«, sagte er fröhlich.

»Dann ist ja alles in Ordnung.«

Sie näherten sich dem Tisch, an dem sich jetzt Lamotte erhob und das Paar erwartete.

»Darf ich die Herrschaften miteinander bekannt machen?« sagte Mintzlaff. »Baron Lamotte – Fräulein Sumatra Hoops.«

Lamotte ergriff die Hand des Mädchens. »Das ist also die junge Dame, die Hallo heißt!«

Sie streifte die von einem Eishäubchen gekrönte Kapuze ab. Aschblondes Lockengekräusel kam zum Vorschein. »Alfons hat also geplaudert«, meinte sie und setzte sich.

Nun nahmen auch die Herren Platz. »Ja«, erklärte Mintzlaff. »Wir hatten zufällig ein Gespräch über Vornamen.«

»Und eines über anonyme Telegramme«, fügte der Baron hinzu.

Das junge Mädchen musterte Lamotte mit einem Blick, der, so flüchtig er schien, an Gründlichkeit wenig zu wünschen übrigließ.

»Natürlich!« rief Mintzlaff. »So ist es! Du hast die Depesche geschickt!«

»Ich war so frei«, sagte sie. »Als ich in Davos ankam, las ich das Plakat. Nun hattest du mich doch aber dahin informiert, dass du erst in etwa vierzehn Tagen einträfst! Ich freute mich, dich wieder einmal beim Lügen ertappt zu haben, erkundigte mich im Verkehrsverein nach deiner Adresse und trabte ins Grandhotel. Der Portier behauptete, dass du auf deinem Zimmer wärst, und setzte sich, um dir meinen holden Besuch anzukündigen, mit dem Appartement zwölf in telefonische Verbindung. Diesen Moment benutzte ich, spontan wie ich bin, und erklomm das erste Stockwerk des Hotels.«

»Jetzt wird es spannend«, vermutete Mintzlaff.

»Ich klopfte an die Tür mit der Nummer zwölf. Eine Männerstimme rief Herein! Ich riss die Tür auf, wollte irgendeine der zwischen uns ortsüblichen unpassenden Bemerkungen machen und stand einem mir durchaus fremden Herrn gegenüber. Er war erstaunt. Trotzdem war seine Verblüffung, mit der meinen verglichen, ein Kinderspiel für Dreijährige. Gut, wir hatten uns ein paar Wochen nicht gesehen – aber dass du dich in der Zwischenzeit derartig verändert haben könntest, hielt ich von vornherein für ausgeschlossen. Er fragte nach meinem Begehr. Daraufhin fragte ich höflich, ob er auch ganz bestimmt wisse, dass er ein gewisser Herr Professor Mintzlaff sei. Er replizierte, dass es darüber gar keinen Zweifel geben könne.«

»So ein frecher Hund!«

»Ich dachte das Gleiche, versicherte ihm jedoch, wie glücklich ich sei, ihn, dessen Bücher zu verschlingen ich die Gewohnheit hätte, endlich von Angesicht zu Angesicht zu schauen. Er behauptete, von unserer Begegnung nicht minder ergriffen zu sein, und wollte wissen, ob ich allein reise. O nein, sagte ich. Ich bin mit meiner Großmutter unterwegs. Und die Gute glaubt, ich sei in der Klavierstunde! Na ja. Und dann empfahl ich mich, ließ mir von ihm die Hand küssen und eilte hurtigen Fußes zum Telegraphenamt.«

»Warum depeschiertest du aber anonym?«

Hallo hängte die vereiste Jacke an den Fensterriegel. »Mein teurer Freund«, erklärte sie dann, »mir lag daran, dich neugierig zu stimmen. Neugierde kleidet dich so gut.« Sie wandte sich an Lamotte. »Kennen Sie Alfons näher?«

»Nein«, erwiderte der Baron bescheiden. »Leider nicht.«

»Er ist der Psalmist des seelischen Gleichgewichts«, sagte sie. »Und ich lasse seit Jahren nichts unversucht, sein Gemüt zum Schaukeln zu bringen. Aber es ist ein Versuch am untauglichen Subjekt.« Das junge Mädchen lachte. Es war kein besonders frohes Lachen. »Herr Wirt!«

Der Wirt kam. Sie bestellte ein Skiwasser. Dann fragte sie den Freund: »Wie gefällt eigentlich dir der Herr, der in deinem Namen Vorträge hält? Oder ist er dir noch gar nicht über den Weg gelaufen?«

»Doch. Gestern Nacht in der Bar.«

»Nun, und?«

»Zu meinem Leidwesen muss ich feststellen, dass er mir nicht völlig missfällt!«

»Er ist nicht der Dümmste«, sagte sie. »Und er trägt hübsche Krawatten.«

»Kannst du dir vorstellen, warum und wozu sich dieser Mensch der Mühe unterzieht, meine Rolle zu spielen?«

Hallo schüttelte den Kopf, dass die Locken flogen. »Nein. Vielleicht ist er verrückt?« Der Wirt brachte das Skiwasser, und sie trank das Glas in einem Zuge leer.

»Du kommst doch am Mittwochabend mit uns zu seinem Vortrag? Ich besorge rechtzeitig Karten. Oder hast du keine Zeit?«

»Sechs Jahre lang habe ich mir deine Vorträge mit einer wahren Lammsgeduld angehört, und nun, wo so ein Abend endlich einmal interessant und allgemeinverständlich zu werden verspricht, sollte ich keine Zeit haben?«

Mintzlaff lachte. »Was sagen Sie zu der burschikosen jungen Dame, Herr Baron?«

Lamotte blickte den anderen nachdenklich an. »Fräulein Hoops ist wundervoll tapfer.«

Hallos braune Augen wurden dunkel vor Ernsthaftigkeit. Sie sprang auf, griff nach ihrer Jacke und meinte leichthin: »So, jetzt muss sich das tapfere kleine Fräulein verabschieden! Wie ist das, Alfons? Lädst du mich für heute Abend zu einem Whisky ein? Oder willst du lieber allein sein? Du kannst es dir überlegen. Ich wohne in der Pension Edelweiß.« Sie gab beiden Herren die Hand.

»Ich hole dich nach dem Abendessen ab«, sagte Mintzlaff. »Wundere dich übrigens nicht, wenn man dir meldet, dass dich ein Herr Doktor Jennewein in der Halle erwartet. So heiße ich bis auf weiteres.«

»Ach richtig! Und an welchen Vornamen muss ich mich bis auf weiteres gewöhnen?«

»An den schönen Namen Ludwig«, teilte der Baron mit.

Sie warf Lamotte wieder einen prüfenden Blick zu. Dann schaute sie Mintzlaff lächelnd an und sagte: »Hoffentlich wirst du nicht eifersüchtig, wenn ich dich versehentlich einmal Alfons nenne. Auf heute Abend, du Scheusal!« Sie nickte ihm zu, schnitt eine Grimasse und stapfte in den Schnee hinüber, zu ihren Brettern. Eine Minute später verschwand sie talwärts.

Mintzlaff, der an die Holzbrüstung getreten war, um hinter ihr herzuschauen, setzte sich wieder, nachdem sie seinem Gesichtskreis entschwunden war, und blickte versonnen auf die blankgescheuerte Tischplatte.

Lamotte beugte sich zu ihm und sagte leise: »Unbeschadet meiner hochgradigen Fähigkeit, Gedanken zu lesen, erscheint mir Ihr Verhalten diesem bezaubernden jungen Geschöpf gegenüber einigermaßen rätselhaft.«

Mintzlaff sah den Baron an und senkte den Kopf von neuem.

»Wir sind seit sechs Jahren befreundet. Als wir uns kennenlernten, war Hallo neunzehn Jahre alt.«

»Und heute«, meinte Lamotte, »sieht sie aus, als sei sie siebzehn. Es gibt solche mädchenhaften Frauen.«

Mintzlaff nickte. »Sie wird immer jünger. Trotz des Kummers, den sie mit mir hat.«

»Sie hätten sie heiraten sollen. Sie könnten schon zwei oder drei Kinder haben.«

»Ich wollte nicht.« (…)

Der Baron legte Geld auf den Tisch und erhob sich. »So, und jetzt mache ich mir noch ein wenig Bewegung. Die alten Knochen haben es nötig.« Er hielt dem jungen Mann die Hand hin. »Es hat nicht den geringsten Sinn, sich über mich zu ärgern!«

»Obwohl es ein ziemlich natürlicher Seelenvorgang wäre!«, sagte Mintzlaff und nahm die Hand.

»Ehe ich es vergesse«, erklärte der Baron, »– am Sonnabend findet im Grandhotel ein Kostümball statt. Das kleine Fräulein Hallo und Sie sind meine Gäste. Ich sage es Ihnen heute schon, damit Sie rechtzeitig überlegen, wie Sie sich verkleiden wollen.«

»Als was werden Sie denn erscheinen?«

»Ich?« Lamotte lächelte. »Ich komme als Zeus!«

Mintzlaffs Gesicht und Blick froren ein. Er hatte sich weit vorgebeugt und starrte den anderen außer sich an.

Der Baron tat, als merke er Mintzlaffs Erschütterung nicht. Er zog die dicken Fausthandschuhe an und sagte währenddem: »Aber sprechen Sie nicht darüber!«

Dann ging er mit großen, ruhigen Schritten davon.

Kriegsende im Schnee

An Ida Kästner 1945 aus Berlin

4.1.1945

Na, nun stiefeln wir also schon im Jahre 1945 herum. Und zwar mit schmutzigen Stiefeln. Denn es taut und ist recht matschig auf den Straßen.

Hoffentlich hast Du inzwischen Post von mir gekriegt. Denn vielleicht hast du Dich gesorgt, weil Berlin zweimal im Wehrmachtsbericht genannt wurde. Gemein war's mit dem Silvesterangriff, weil damit ja nun den Berlinern die Prost-Neujahrslaune verdorben wurde.

10.1.1945

Vorgestern und gestern hat es nun auch in Berlin geschneit. So etwas Schönes! Da bin ich ein bißchen herumgestiefelt. Ach, ist Schneeluft für das Herz gut! Wenn man langsam spaziert u. ruhig atmet! Die reinste Kurpromenade!

11.1.1945

Die gestrickten Handschuhe sind sehr hübsch warm. Wenn's richtig kalt ist, helfen mir allerdings keine Handschuhe, das war schon immer so. – Morgen fahr ich nach Babelsberg und hole meinen Pelzmantel. Der Schnee liegt ganz hübsch dick. In Dresden sicher auch wieder. Geht's Euch einigermaßen gut?

Nach Mayrhofen

Mayrhofen, Zillertal, 22. März 1945

Die letzte Berliner Tagebuchnotiz stammt vom 9. März. Seit einer Woche sind wir in Tirol. Es gibt einiges nachzutragen.

Es begann damit, dass sich Lotte und Eberhard auf dem Ufa-Gelände begegneten und er sie erstaunt fragte: »Warum sind Sie eigentlich noch hier?« Sie antwortete: »Weil Erich nicht fortkann.« Da sagte er: »Das lässt sich arrangieren. Ich fahre übermorgen zu Außenaufnahmen. Wenn er will, nehm ich ihn mit. Kommt heute Abend zu mir. Da besprechen wir alles.«

Am Abend besprachen wir alles. In der über alten Wagenremisen und Pferdeställen hübsch eingerichteten Kutscheretage, die zu Brigitte Horneys Babelsberger Grundstück gehört. Es war zugleich der Abschied von Lottes Barockschrank, den niederdeutschen Stühlen und ziemlich kostbaren Büchern, die wir, nach den ersten schweren Angriffen auf Charlottenburg, hier untergestellt hatten.

Er setzte sich an die Schreibmaschine und stellte, auf meinen Namen, alle notwendigen Papiere aus. Es waren von Staatsrat Hans Hinkel blanko unterzeichnete Formulare. Eberhard schrieb, ich sei der Autor des Drehbuchs, das in Mayrhofen verfilmt werde, und vervollständigte die Gültigkeit der Ausweise durch seine eigne Unterschrift. Am übernächsten Abend zehn Uhr führen wir los, sagte er dann. In einem noch ganz brauchbaren Zweisitzer, einem DKW. Und Lotte? Sie würde, in ihrer Eigenschaft als Dramaturgin der Ufa, von Liebeneiner, dem Produktionschef, nach Innsbruck geschickt werden, um mit einem dort wohnhaften Schriftsteller einen Filmstoff zu erörtern. Dazu bedürfe es keiner Camouflage. Und von Innsbruck nach Mayrhofen sei es ein Katzensprung.

Den nächsten Tag verbrachte ich auf Ämtern. Ich ging zur Polizei, zur Lebensmittelkartenstelle und ins Büro des Volkssturms. Und überall erhielt ich, aufgrund der vorgezeigten Ausweise, weitere notwendige Papiere. Es lief wie am Schnürchen. Am unbehaglichsten fühlte ich mich auf der Bank am Olivaer Platz. Denn hier hatte mich die Gestapo zum ersten Male verhaftet. Hier war, länger als ein Jahr, mein Konto gesperrt gewesen. Hier wusste man, dass mir der Staat nicht grün sei. Deshalb traute ich mich nicht, mein Geld bar zu beheben, sondern verlangte einen Reisescheck. Als der Angestellte wiederkam und erklärte, er könne mir keinen Scheck ausstellen, hielt ich den Atem an. Als er hinzufügte, sie hätten keine Scheckformulare in der Filiale, wurde mir wohler. Ob mir mit dem Barbetrag gedient sei, wollte er wissen. Ich zeigte mich einverstanden, ließ mir die Summe an der Kasse auszahlen und entfernte mich gemessenen Schrittes.

Am Tage darauf, zehn Uhr abends, fuhren Eberhard und ich davon. Hinter Potsdam wurden wir zum ersten Mal von Feldgendarmen kontrolliert. Eberhard zeigte unsere Papiere. Sie wurden geprüft. Wir durften passieren. Manchmal zuckten Scheinwerfer auf und prüften den Nachthimmel. Manchmal bemerkten wir neben der Autobahn von Tieffliegern zerschossene Fahrzeuge. Manchmal zirkelten Taschenlampen, ein paar hundert Meter voraus, glühende Kreise, und das hieß immer wieder: »Halt, wer da? Hier Feldgendarmerie!« Man prüfte die Papiere. Die Posten gaben den Weg frei. Und weiter ging's.

Als es zu dämmern begann, kletterte der kleine Wagen den Fränkischen Jura hinan. Plötzlich fiel mir auf, dass neben uns ein rötlicher Schein herlief. Er wich uns nicht von der Seite. Etwas später roch es nach versengtem Gummi. Unsere klammen Füße wurden erstaunlich warm. Nun sprangen wir aus dem Auto. Es war höchste Zeit. Unterm Vordersitz züngelten Flammen. Funken sprühten aus dem Auspuff. Das Chassis schmorte. Erst schmissen wir die Benzinkanister auf die Straße. Dann zerrte Eberhard Wolldecken aus dem Wagen, warf sich zu Boden und versuchte, das Feuer zu ersticken. Das half nichts. Nun brannten auch die Decken. Ich stand ratlos daneben und blickte mich nach Hilfe um. Es war zwecklos. Kein andres Auto. Kein Gehöft. Kein Mensch. Kein Wasser. Doch da entdeckte ich einen Schneehaufen, und nun rannte ich los. Nachdem ich den letzten Schnee weit und breit zusammengekratzt und im Dauerlauf herangeschleppt hatte, kroch Eberhard, verrußt und zufrieden, unterm Auto hervor. Das Feuer war tot. Wir fuhren langsam weiter.

Gegen acht Uhr morgens roch es wieder nach Gummi und glimmendem Sperrholz. Diesmal fanden wir Bauern und Eimer mit Wasser. Und so trafen wir zwölf Stunden nach der Abfahrt aus Babelsberg, ziemlich pünktlich und wohlbehalten, bei Eberhards Freunden, einer Familie Weiß, in P. ein. Der Gutshof liegt, nicht weit von Fürstenfeldbruck, mitten im Moos. Der Frühstückstisch war schon gedeckt. Mit hausschlachtener Wurst und geräuchertem Speck. Wir hatten Hunger und ließen uns nicht lange bitten.

Nachdem wir ein paar Stunden geschlafen hatten, besuchten wir das Vieh in den Ställen, die Kühe und Ziegen, den wegen seiner Klugheit gepriesenen Ochsen Max und zwei Reitpferde, die »versehentlich« weder zum Militär noch von der Partei eingezogen worden waren. Dann versteckten wir den angeschmorten DKW in einer Scheune unter Strohbündeln und halfen ein wenig bei der Gartenarbeit. Erst als wir in der Veranda Kaffee tranken, rückten die Gutstöchter mit jener Frage heraus, die ihnen seit unsrer Ankunft auf den Nägeln brannte. Sie wollten wissen, wieso die Regierung, kurz vorm Zusammenbruch, Filme drehen lasse. Nicht, dass sie ihrem Jugendgespielen Eberhard den Ausflug nach Tirol missgönnten, das keineswegs. Sie begriffen nur nicht, wozu Goebbels noch Filme brauche. Sie fanden die Sache ganz einfach unsinnig.

Eberhard gab ihnen lächelnd recht. Und dann erklärte er ihnen, wie alles zusammenhänge. Er schickte voraus, dass die Ufa nicht nur seine Expedition ins schöne Zillertal ausgerüstet habe, sondern noch eine zweite Mannschaft, die einen Film in der fotogenen Lüneburger Heide verfertigen solle. Beide Gruppen seien unterwegs. Mit Lastzügen, Apparaturen, Schauspielern, Regisseuren, Assistenten, Kameraleuten, Architekten. Aufnahmeleitern, Handwerkern jeder Art, Maskenbildnern Beleuchtern, Requisiteuren, insgesamt mit über hundert Menschen. Voraussichtlich werde sich die Gesamtziffer noch erhöhen, da etliche Teilnehmer ihre Frauen und Kinder nachkommen lassen wollten.

Die Methode, beide Pläne durchzusetzen, sei denkbar einfach

gewesen. Man habe ein paar konsequente Lügner beim Wort genommen, nichts weiter. Da der deutsche Endsieg feststehe, müssten deutsche Filme hergestellt werden. Es sei ein Teilbeweis für die unerschütterliche Zuversicht der obersten Führung. Und weil das Produktionsrisiko in den Filmateliers bei Berlin täglich wachse, müsse man Stoffe mit Außenaufnahmen bevorzugen. Was wäre den Mandarinen im Propagandaministerium anderes übriggeblieben, als energisch einzuwilligen? Wer A sage, müsse auch B sagen. Mit diesem alten Kniff hätten die kleinen Auguren die großen überlistet.

»Die Luftveränderung ist den Berlinern zu gönnen«, meinte das jüngere Fräulein Weiß. »Nur noch eine Frage: Werdet ihr den Film überhaupt drehen?« »Das ist eine Frage zu viel«, sagte Eberhard.

In der übernächsten Nacht fuhren wir, ab Pasing, mit dem Zug über Garmisch nach Innsbruck. Dort blieben wir, obwohl wir bis zum Anschluss nach Jenbach viel Zeit übrig hatten, geduldig auf dem Bahnhof. Wegen des Gepäcks. Wenn man nur noch einen Handkoffer, einen Rucksack, eine Aktentasche mit Manuskripten, eine Reiseschreibmaschine und einen gerollten Regenschirm besitzt, wird man pedantisch. Wem nur noch fünferlei gehört, der lernt bis fünf zählen, ob er mag oder nicht.

Die Monotonie des Wartens wurde, anlässlich einer Luftwarnung, durch ein seltsames Schauspiel unterbrochen. Die Sirene wirkte wie das Megaphon eines Regisseurs, der einen Monstrefilm inszeniert. Auf ihr Kommando strömten von allen Seiten Komparsen mit Klappstühlen, Kindern, Kissen und Koffern herbei und verschwanden, in langer Polonaise, im gegenüberliegenden Berg.

Abends fuhren wir, von Jenbach aus, mit der Zillertaler Lokalbahn nach Mayrhofen hinauf. Der Fahrplan läßt sich leicht behalten. Der Zug fährt einmal täglich von Jenbach nach Mayrhofen und ebenso häufig von Mayrhofen nach Jenbach. Mayrhofen ist die Endstation, hat etwa zweitausend Einwohner und lebt, sei nun Krieg oder Frieden, nicht zuletzt vom Fremdenverkehr. Die Gegend eignet sich sowohl für Sommerfrischler, die es bei Spaziergängen und Halbtagsausflügen bewenden lassen, als auch für Touristen, denen die Erdkruste erst dreitausend Meter überm Meeresspiegel interessant wird.

Maischnee und Kriegsende

1.5.45

Erster Mai! Dicker Schnee! Die Blumen sind zugedeckt. Die rosa Apfelblüten schauen aus dem Schnee heraus wie Erdbeeren aus der Schlagsahne. Himmler verhandelt mit Bernadotte über die Kapitulation. Hitler soll im Sterben liegen. Göring soll mit Spielzeug spielen und brabbeln. München scheint sich völlig ohne Kampf ergeben zu haben. Die Amerikaner stehen bei Mittenwald. In Italien sollen sich hundertzwanzigtausend Mann ergeben haben. Gestern haben die Flüchtlinge auf ihre neuen Marken alles aufgekauft. Heute gibt es kein Brot, keine Butter, keine Nährmittel im ganzen Ort. »Gestern haben die Preußen die Geschäfte gestürmt«, hat ein Einheimischer zu Lottchen geäußert. Dabei sind die Flüchtlinge alle aus Wien! – Berlin scheint allmählich ganz besetzt zu sein. – Eben kam eine Durchsage über einen zufällig von mir herbeigedrehten Sender: Der Feind stehe noch bei Bregenz usw., alles andere seien Gerüchte. Wer diese verbreite, schade nicht nur der Heimat, sondern sich selber.

2.5.45

Hitler ist in Berlin »gefallen«. Mussolinis Leiche wird noch immer in Mailand besichtigt. »Heil Dönitz!« sagen die Leute zum Spaß. Dönitz, der »Staatsoberhaupt« genannt wird, will die bolschewistische Flut zurückschlagen, aber gegen die Amerikaner nur kämpfen, wenn sie es wollen. Der Gauleiter von Tirol will sich in die Berge zurückziehen und hofft, dass Innsbruck ritterlich behandelt wird. Die Brücken lässt er nicht sprengen. Generaloberst Guderian, der Chef des Stabes, ist in Fügen im Zillertal eingezogen und lässt Leitungskabel legen. Im Westen sind seit der Invasion hundertfünfzig Generäle gefangen genommen worden. Und drei Millionen Soldaten. Dönitz erwartet, dass die Truppen ihren Führereid auch ihm, dem designierten Nachfolger, halten. Himmlers Verhandlungen mit Graf Bernadotte sind, da dieser wohl wieder alliierte Instruktionen einholen muss, zunächst wieder unterbrochen worden. Der Schnee, der heute früh noch dichter lag als gestern, taut von den Bäumen und Dächern. Die Mehlprimeln und der Löwenzahn schauen an einzelnen Punkten durch die dicke Schneedecke.

5.5.45

Heute gegen Abend kamen zwei amerikanische Panzerspähwagen und zwei Kübelwagen mit montiertem MG an, hielten vor dem »Kramer«. Begleitet von deutschen Offizieren mit der Binde der Widerstandsbewegung. Sie verhandelten in der Gaststube mit einer Abordnung der Wlassow-Russen, die wohl aus Lanersbach herun-

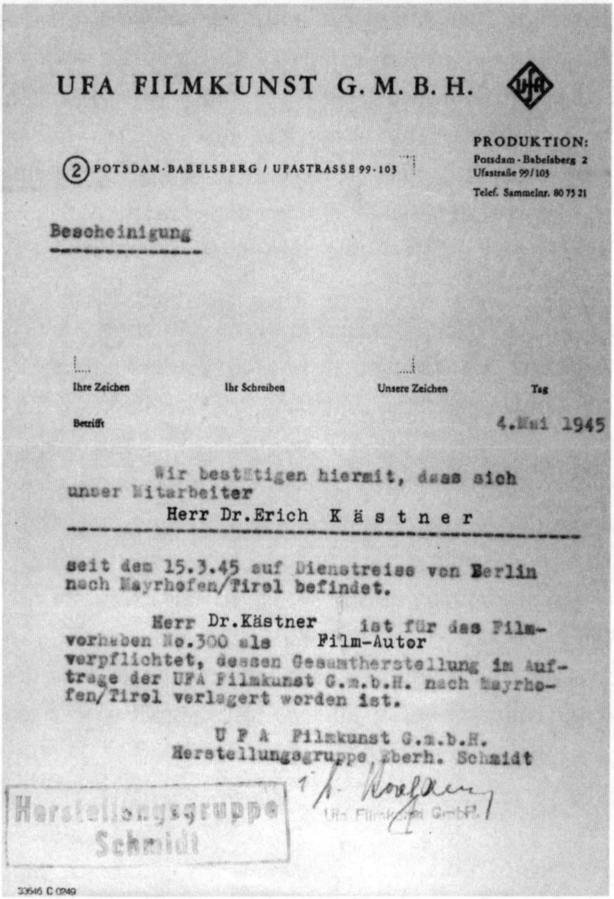

UFA FILMKUNST G. M. B. H.

PRODUKTION:
Potsdam - Babelsberg 2
Ufastraße 99/103
Telef. Sammelnr. 80 75 21

(2) POTSDAM-BABELSBERG / UFASTRASSE 99-103

Bescheinigung

Ihre Zeichen | Ihr Schreiben | Unsere Zeichen | Tag

Betrifft

4.Mai 1945

Wir bestätigen hiermit, dass sich unser Mitarbeiter

Herr Dr.Erich K ä s t n e r

seit dem 15.3.45 auf Dienstreise von Berlin nach Mayrhofen/Tirol befindet.

Herr Dr.Kästner ist für das Filmvorhaben No.300 als Film-Autor verpflichtet, dessen Gesamtherstellung im Auftrage der UFA Filmkunst G.m.b.H. nach Mayrhofen/Tirol verlagert worden ist.

U F A Filmkunst G.m.b.H.
Herstellungsgruppe Eberh. Schmidt

i.A. [signature]
Ufa Filmkunst GmbH.

Herstellungsgruppe
Schmidt

33646 C 0249

Dieses Papier sollte Kästners Aufenthalt und seine »Tätigkeit« in Mayrhofen gegenüber den dortigen Amtsstellen legitimieren und seine Einziehung zum Tiroler Volkssturm verhindern. Angesichts des Datums – vier Tage vor der Kapitulation – ist fraglich, ob die Bescheinigung Kästner noch vor dem Ende Hitlerdeutschlands erreicht hat.

tergekommen waren. Die Amerikaner sehen alle aus wie Schlosser oder Boxer. Aus Los Angeles, aus Chicago usw. Einer warf eine kaum angerauchte Chesterfield in den Dreck. Das imponierte allgemein. Die Kinder turnten auf den Panzerwagen herum. (...) Dazwischen die serbischen Kriegsgefangenen, die eleganten ungarischen Flüchtlinge, ein syrischer Regieassistent mit begeisterter Mutter, Steiners mit reservierten Augen, die Ufa-Leute mit Witzen – die Berge darüber: eine Filmstaffage.

Die Berge darüber: Den ganzen Tag schon kamen in kleinen Trupps deutsche Truppen über die verschneiten Pässe aus Italien. Mit Wanderstöcken, aus Zweigen gemacht; halb zivil; viele fußkrank; andere schneeblind; viele seien oben erfroren, andere im Po ertrunken.

Die »Große Armee« kehrt heim. Auch der Bruder der kleinen Lehrerin war eingetroffen. Sie strahlte wie ein Kind. – Einzig ein junger Leutnant kam mit sechs Mann von den Schneebergen herunter, als sei nichts geschehen; trug noch Revolver usw. und musste von den Amerikanern, denen gar nichts daran lag, pro forma gefangen genommen werden. Später, in Kaltenbach, hat man ihn wohl wieder laufen lassen. Wo laufen die armen Jungens nur alle hin? Zu Fuß nach Hause?

7.5.45

Die Wiesenblumen und die Blumenwiesen haben sich, nach dem dreitägigen Schnee vom 1. bis 4. Mai, wieder aufgerichtet. Die Blumenstängel haben ein waagerechtes Stück, und dann sind sie, über dem Schnee, wieder heliotrop weitergewachsen.

Heute geht das Gerücht, unten in Jenbach nähmen die Amerikaner den Soldaten die Uhren und die Ringe ab.

Der Sender Flensburg meldet, Jodl habe die allgemeine Kapitulation unterschrieben; morgen trete sie in Kraft; Churchill und der englische König würden sprechen. – Der böhmische Sender des Generalfeldmarschalls Schörner behauptet, es handle sich um eine Feindlüge; wir hörten den vermutlich letzten Wehrmachtsbericht. – Die Russen melden, man habe in Berlin die Leichen von Goebbels, seiner Frau und seinen Kindern gefunden.

Die Maikäfer flattern gegen das erleuchtete nächtliche Fenster.

Winter und Winterabschied

Der Januar

Das Jahr ist klein und liegt noch in der Wiege.
Der Weihnachtsmann ging heim in seinen Wald.
Doch riecht es noch nach Krapfen auf der Stiege.
Das Jahr ist klein und liegt noch in der Wiege.
Man steht am Fenster und wird langsam alt.

Die Amseln frieren. Und die Krähen darben.
Und auch der Mensch hat seine liebe Not.
Die leeren Felder sehnen sich nach Garben.
Die Welt ist schwarz und weiß und ohne Farben.
Und wär so gerne gelb und blau und rot.

Umringt von Kindern wie der Rattenfänger,
tanzt auf dem Eise stolz der Januar.
Der Bussard zieht die Kreise eng und enger.
Es heißt, die Tage würden wieder länger.
Man merkt es nicht. Und es ist trotzdem wahr.

Die Wolken bringen Schnee aus fremden Ländern.
Und niemand hält sie auf und fordert Zoll.
Silvester hörte man's auf allen Sendern,
dass sich auch *unterm* Himmel manches ändern
und, außer uns, viel besser werden soll.

Das Jahr ist klein und liegt noch in der Wiege.
Und ist doch hunderttausend Jahre alt.
Es träumt von Frieden. Oder träumt's vom Kriege?
Das Jahr ist klein und liegt noch in der Wiege.
Und stirbt in einem Jahr. Und das ist bald.

Der Februar

Nordwind bläst. Und Südwind weht.
Und es schneit. Und taut. Und schneit.
Und indes die Zeit vergeht,
bleibt ja doch nur eins: die Zeit.

Pünktlich holt sie aus der Truhe
falschen Bart und goldnen Kram.
Pünktlich sperrt sie in die Truhe
Sorgenkleid und falsche Scham.

In Brokat und seidnen Resten,
eine Maske vorm Gesicht,
kommt sie dann zu unsren Festen.
Wir erkennen sie nur nicht.

Bei Trompeten und Gitarren
drehn wir uns im Labyrinth
und sind aufgeputzt wie Narren,
um zu scheinen, was wir sind.

Unsre Orden sind Attrappe.
Bunter Schnee ist aus Papier.
Unsre Nasen sind aus Pappe.
Und aus welchem Stoff sind wir?

Bleich, als sähe er Gespenster,
mustert uns Prinz Karneval.
Aschermittwoch starrt durchs Fenster.
Und die Zeit verlässt den Saal.

Pünktlich legt sie in die Truhe
das Vorüber und Vorbei.
Pünktlich holt sie aus der Truhe
Sorgenkleid und Einerlei.

Nordwind bläst. Und Südwind weht.
Und es schneit. Und taut. Und schneit.
Und indes die Zeit vergeht,
bleibt uns doch nur eins: die Zeit.

Der März

Sonne lag krank im Bett.
Sitzt nun am Ofen.
Liest, was gewesen ist.
Liest Katastrophen.

Springflut und Havarie,
Sturm und Lawinen, –
gibt es denn niemals Ruh
drunten bei ihnen?

Schaut den Kalender an.
Steht drauf: »Es werde!«
Greift nach dem Opernglas.
Blickt auf die Erde.

Schnee vom vergangenen Jahr
blieb nicht der Gleiche.
Liegt wie ein Bettbezug
klein auf der Bleiche.

Winter macht Inventur.
Will sich verändern.
Schrieb auf ein Angebot
aus andern Ländern.

Mustert im Fortgehn noch
Weiden und Erlen.
Kätzchen blühn silbergrau.
Schimmern wie Perlen.

In Baum und Krume regt
sich's allenthalben.
Radio meldet schon
Störche und Schwalben.

Schneeglöckchen ahnen nun,
was sie bedeuten.
Wenn du die Augen schließt,
hörst du sie läuten.

Der Lenz verschiebt seine Premiere

Theater unten und Theater oben:
Erst kam die Sonne täglich zu den Proben,
und die Premiere war schon festgesetzt.
Da wurde sie (man kennt das ja) zuletzt
auf gänzlich unbestimmte Zeit verschoben.

Die kleinen Sträucher stehn gekränkt im Garten.
Komparserie muss eben immer warten.
Die Sonne, heißt es, sei indisponiert.
Das Stück vom Lenz wird später aufgeführt.
Was machen wir nun mit den Eintrittskarten?

Am Himmel hingen schon die ersten Geigen.
Die Veilchen übten sich schon im Verneigen.
Doch weil die Sonne noch nicht scheinen will,
spielt man derweil das alte Stück »April« –
so einen Schmarren wagt man uns zu zeigen!

Die Damen ließen sich bereits die netten
getupften Premierenkleider plätten.
Die dicken Herren riefen »Gott sei Dank!«
und feuerten die Westen in den Schrank.
Und liegen jetzt mit Schnupfen in den Betten.

Wir führten unser Herz zu früh spazieren.
Nun regnet es. Und die Gefühle frieren.
Denn sie sind ohne Schirm. Und sind verwaist.
Fast wie ein Kind, das ganz vergaß, wie's heißt.
Man kann Geduld wie einen Knopf verlieren …

Mich lässt das kalt. Und wenn es morgen schneit,
der Frühling kommt schon noch. Ich habe Zeit.
Dass man den Lenz verschiebt ist nicht so wichtig.
Hauptsache ist, die Aufführung wird richtig!
Denn – »die Billetts behalten Gültigkeit«.

Anhang

Anmerkungen

Die Briefe Erich Kästners an seine Eltern Emil und Ida Kästner werden nach den handschriftlichen Originalen zitiert, die sich im Nachlass Kästner im DLA (Deutsches Literaturarchiv, Marbach am Neckar) befinden. Die bibliographischen Angaben nach den einzelnen Titeln geben die Quellen an, denen die Texte entnommen wurden. Auslassungen innerhalb der ausgewählten Briefstellen und Textauszüge sind mit Klammern (…) gekennzeichnet.

Kästners Werke für Erwachsene sind in Einzelausgaben lieferbar im Atrium Verlag, die Bücher für Kinder im Dressler Verlag. Die neunbändige Werkausgabe erschien im Hanser Verlag: Erich Kästner, Werke. Herausgegeben von Franz Josef Görtz. Bd. I-IX. Carl Hanser Verlag München Wien 1998. Dient sie als Textvorlage, erscheinen in den bibliographischen Angaben die jeweilige Band- und Seitenzahl (III, S. 229). Eine satzidentische Werkausgabe erschien broschiert im Deutschen Taschenbuch Verlag.

9 Vorbemerkung

»draußen schneite es …«: Der Zauberlehrling, III, S. 229.

In Halbschuhen auf die Jungfrau, Erstdruck: *Neue Leipziger Zeitung,* 19.8. 1928, S. 5.

»der winterliche Sonnenschein …«: an Emil Kästner, München, 19.12.1956.

»Die Schneeberge werden wieder …«: an Ida Kästner, Berlin, 9.1.1932.

»Ach, ist Schneeluft …«: an Ida Kästner, Berlin, 10.1.1945.

Sergeant Waurich, in: *Lärm im Spiegel,* I, S. 65.

»Obensein«: In Halbschuhen auf die Jungfrau, a.a.O.

Bauboom bei den Bergbahnen: 1926 Kreuzeckbahn (Seilschwebebahn), 1928/29 Wankbahn und Hahnenkammbahn (Seilschwebebahnen), 1928–30 Nebelhornbahn (Seilschwebebahn) und Zugspitzbahn bis Schneefernerhaus (Zahnradbahn), 1931 Schneefernerhaus bis Zugspitzgipfel (Seilschwebebahn) und Davos-Parsenn-Bahn (Standseilbahn). Die Standseilbahn auf die Davoser Schatzalp gab es bereits vor dem 1. Weltkrieg, ebenso die Zahnradbahn aufs Jungfraujoch.

»nicht frei von Neid«: Der Zauberlehrling, III, S. 272.

Schloss Werdenfels, Hotel Sonnenbichl: Ruine Werdenfels (788 m), von Garmisch 1 Std. nördlich durch die Burgstraße, in ½ Std. zur Straßengabelung unterhalb des Hotels Sonnenbichl; nach 5 Min., bei einem Steinbruch, links durch den Wald hinan in 25 Min. zur Ruine der um 1220 erbauten Burg (kleine Wirtschaft), ehemals Sitz der Reichsgrafschaft Werdenfels, die 1803 an Bayern kam. (…) Rückweg von der Ruine südwestlich in 25 Min. zu dem unter den Steilwänden des Kramer schön gelegenen kleinen Sonnenbichler oder Schmölzer See und am Hotel Sonnenbichl vorbei zur Straße. (Baedeker, *Südbayern,* Leipzig 1942, S. 181)

»mit Heydrich usw.«: Erich Kästner, *Das Blaue Buch.* Kriegstagebuch und Roman-Notizen. Herausgegeben von Ulrich von Bülow und Silke Becker. Aus der Gabelberger'schen Kurzschrift übertragen von Herbert Tauer. Deutsche Schillergesellschaft, Marbach am Neckar 2006. Marbacher Magazin 111/112, S. 266 sowie S. 173, 180f., 366 (Anm.).

»ganz besonders feinen Damen«: »Sie haben Beton in den Waden und Halbgefrornes im Blick« – so charakterisiert

Kästner *Ganz besonders feine Damen* in seinem gleichnamigen Gedicht aus *Lärm im Spiegel* (1929).
»Ich kann diese Frauen nicht leiden …«: Der Zauberlehrling, III, S. 259.

Schlittschuhlaufen und Schneeballschlacht

15 *Schlittschuh kaufen – Schlittschuh laufen!*
Erstdruck: *Die Grüne Post*, Jg. 2, Nr. 3, 15.1.1928, S. 1 (unter dem Pseudonym Peter Flint).

19 *Das fliegende Klassenzimmer*
Ans Fletcher'sche Seminar: Das Freiherrlich von Fletchersche Lehrerseminar (Kästner schreibt irrtümlich »Fletschersche«) zu Dresden-Neustadt war ein staatlich gefördertes Internat, in dem Kinder nicht wohlhabender Eltern eine Lehrerausbildung erhielten. Kästner besuchte es von 1913 bis 1917. Er berichtet davon u.a. in seinen Erinnerungen *Als ich ein kleiner Junge war.*
Das Internat. *Das fliegende Klassenzimmer*, Kap. 1 (Auszug), VIII, S. 52 f.
Zweikampf und Schneeballschlacht. *Das fliegende Klassenzimmer*, Kap. 4 (Auszug), VIII S. 76–80, 84 f.
Uli springt. *Das fliegende Klassenzimmer*, Kap. 8 (Auszug), VIII, S. 114–117.

Unterwegs in die Alpen

31 *Ein Baum läßt grüßen*
Herz auf Taille, I, S. 12 f.

32 *Meyer IX. im Schnee*
Lärm im Spiegel, I, S. 90 f.

34 *In Halbschuhen auf die Jungfrau*
Erstdruck: *Neue Leipziger Zeitung*, Jg. 8, Nr. 231, 19.8.1928, S. 5. Die zahlreichen Hervorhebungen durch Sperrdruck wurden nicht übernommen. Sie sind typisch für den damaligen Zeitungsdruck, jedoch völlig untypisch für Kästner.
Jungfraubahn: Zahnradbahn, Bauzeit 1896–1912.
Klein-Scheidegg: richtig: Kleine Scheidegg. Die Kleine Scheidegg liegt 2061 m hoch. Bei dem von Kästner erwähnten Bahnhof nebst Hotel am Fuß des Gletschers handelt es sich vermutlich um die Station Eigergletscher auf 2320 m Höhe. Das würde auch eher zu Kästners Angabe passen, dass von dort bis zum Jungfraujoch noch tausend Höhenmeter zu überwinden waren.

ein endloser Tunnel: Tunnellänge: 7,1 km.
einige Male hielt der Zug: die Stationen Eigerwand (2865 m), »mit großartigen Tiefblicken auf das 1800 m unterhalb gelegene Grindelwald«, und Eismeer (3160 m), in der Südwand des Eiger, »mit einmaliger Aussicht über den wildzerklüfteten Absturz des Gletschers auf das Wetterhorn, Schreckhorn, die Fiescherhörner und den vom Mönchsjoch niederstürzenden Gletscherbruch« (Baedeker, *Schweiz,* 1998, 8. Aufl., S. 306 f.).
Station Jungfraujoch: 3454 m, der höchstgelegene Schienenbahnhof Europas.
Drüben fuhren Menschen ...: auf dem Jungfraufirn ist noch heute Sommerskibetrieb.

Winterfrische in Oberstdorf

40 *Nennt sich das Winter?*
Erich Kästner, *Montagsgedichte.* Zusammengestellt und kommentiert von Alexander Fiebig, Aufbau-Verlag, Berlin und Weimar 1989, S. 166 f. Erstdruck: *Montag Morgen,* 3. 2. 1930.

41 *An Ida Kästner (22., 28., 30. 1., 1. 2. 1930)*
Hotel Luitpold: Parkhotel Luitpold, in den Baedekerausgaben jener Jahre immer an erster Stelle genannt.
Weller: Curt Weller hatte 1928 und 1929 Kästners Gedichtbände *Herz auf Taille* und *Lärm im Spiegel* verlegt. Ende 1929 ging der Verlag bankrott, Weller wurde Lektor bei der Deutschen Verlags-Anstalt in Stuttgart und setzte alles daran, seinen erfolgreichsten Autor mitzunehmen.
Stuttgart: Dort war eine Besprechung mit Curt Weller und Dr. Gustav Kilpper von der DVA angesetzt, deren Ergebnis war, dass Kästner zur DVA wechselte.
MM-Gedicht: Fast zwei Jahre lang verfasste Kästner allwöchentlich ein Gedicht für das Berliner Wochenblatt *Montag Morgen.* Das erste Gedicht erschien am 11. Juni 1928, das letzte am 22. April 1930.
die Wettspiele nächste Woche: Skispringen und Alpinski sowie am »Tag der Reichswehr« (5. 2. 1930) u. a. auch noch ein Reitturnier und ein Skilanglaufrennen.

44 *Kriegsbericht*
Montagsgedichte, S. 168 f. Erstdruck: *Montag Morgen,* 10. 2. 1930.

45 *Der letzte Mohikaner*
Nachlese zur Nachlese, I, S. 353f. Erstdruck: *Neue Leipziger Zeitung,* 26.1. 1933, S. 3.
Apachenball: »Apache« war eine damals gängige Bezeichnung für einen Angehörigen der Pariser Halb- und Unterwelt; später verallgemeinernd für »Großstadtganove«.
Dann stieg ich … aufs Nebelhorn: Ein rascher Aufstieg – und sei es um des Reimes willen – von 805 m (Oberstdorf) auf 2224 m (Nebelhorn) empfiehlt sich tatsächlich nicht, erst recht nicht in unzulänglicher Bekleidung. Da hat Kästner völlig recht.

Kitzbühel. Grandhotel und Wintervergnügen

47 *Brief aus dem Winter*
Typoskript, DLA. Erstdruck: *Neue Leipziger Zeitung,* Jg. 9, Nr. 33, 2.2. 1929, S. 2. Die Erstfassung von 1929 hat kein P.S., dafür enthält sie eine Klage über die österreichische Post, die Kästner später – wohl weil zu zeitgebunden und rechnerisch nur schwer nachvollziehbar – gestrichen hat:
»Ich merke schon, daß ich nur von Dingen erzähle, die mich ärgern. In diesem Zusammenhange möchte ich etwas von der österreichischen Post berichten.
Da ich, bevor ich hierherfuhr, nicht wußte, wo ich wohnen würde, und da ich, nun ich hier bin, nie weiß, ob ich bleiben oder vor dem Portier in einen anderen Winterkurort flüchten soll, lasse ich mir meinen Berliner Briefeingang postlagernd nachschicken. Jeden Tag hole ich nun also im Postamt fünfzehn bis zwanzig Briefsachen ab, und jeden Tag muß ich für jeden Brief und jede Karte zehn Groschen Lagergebühr ›erlegen‹. Dadurch erwächst mir eine tägliche Ausgabe von etwa einer Mark und zwanzig Pfennigen. Das sind im Monat sechsunddreißig Mark! Die Lagergebühr für eine Karte, also zehn Groschen, ist genau so hoch wie der Frankowert einer Karte, die ich verschicke. Die Lagergebühr beträgt also täglich *einhundert Prozent* des wahren Wertes, und das bedeutet: Der Zinsfuß, oder wie man es nennen will, beträgt bei der österreichischen Post 36,500 Prozent! Das ist mir, in jeder Beziehung, zu hoch.
Der Postbeamte, dem ich die Sache vorrechnete, hat gelacht. Es fiel ihm nichts Gescheiteres ein. Überhaupt

der Ton, in dem die Ansässigen mit den Auswärtigen verkehren. …«

51 *Vornehme Leute, 1200 Meter hoch*
Lärm im Spiegel, I, S. 111 f.

52 *An Ida Kästner (25.1.1931, 9., 18., 19., 21., 24.1.1932)*
wir: Kästner, Emmerich Pressburger und Kästners Freundin Moritz (s. Anm. S. 194).
Stangl-Alm: 1931 verwechselt Kästner noch die Stangl-Alm, die auf der Nordwestseite des Kitzbüheler Horns auf 1463 m Höhe liegt, mit der Stangalm. Im Brief vom 21.1.1932 weiß er es schon besser. Die Stangalm liegt östlich von Kitzbühel unterhalb der Bichlalm (1670 m), und zwar im Bereich der Mittelstation (1159 m) des später gebauten Einsessellifts, der im Winter 2005/06 eingestellt wurde. Seither ist die Bichlalm nur noch ein Gebiet für Tourengeher. Für den Aufstieg zur Stangalm – von Kitzbühel aus knapp 400 Höhenmeter – dürfte Kästner ein bis zwei Stunden gebraucht haben.
Abends am Film geschrieben: Kästner war zusammen mit Emmerich Pressburger (Drehbuchautor, bis zu seiner Emigration 1933 Dramaturg bei der UFA) seit dem 20. Januar in Kitzbühel, um das Drehbuch für *Emil und die Detektive* zu schreiben. Binnen zwei Wochen hatten sie es abgeschlossen.
Kitzbüheler Alpen (Abbildung »Kästner auf der Stangalm«): Zu sehen sind v. l. n. r. Sonnspitze (2062 m), Staffkogel (2115 m), Saalkogel (2006 m), in der Bildmitte die Bergkette des Kuhkasers (höchster Punkt 2054 m), rechts Pass Thurn.
Grandhotel Kitzbühel: seit seiner Eröffnung 1903 das »erste Haus am Platz«, mit internationaler Klientel; gesellschaftliches Zentrum des mondänen Wintersportplatzes Kitzbühel in den Jahren zwischen den beiden Weltkriegen. Heute privates Tagungszentrum.
Obholz: 1076 m, auf der Südwestseite des Kitzbüheler Horns gelegenes Wirtshaus mit Blick auf die Tauern. Aufstieg vom südlich der Altstadt gelegenen Grandhotel Kitzbühel in ca. 1 ½ Std.

55 *Menschen im Gebirgshotel*
Erich Kästner, *Gemischte Gefühle. Literarische Publizistik aus der*

»Neuen Leipziger Zeitung«, 1923–1933, Atrium Verlag, Zürich 1989, Bd. 2, S. 337–340. Erstdruck: *Neue Leipziger Zeitung*, 5. 2. 1932.
Reparationsprobleme Die hohen Entschädigungszahlungen, die die Siegermächte des 1. Weltkriegs Deutschland im Versailler Vertrag (1919) auferlegten, führten 1923 zum Zusammenbruch der deutschen Währung und zu anhaltenden Zahlungsproblemen des Deutschen Reichs.
Alraune: 1911, schwül-erotischer Schauerroman von Hanns Heinz Ewers (1871–1943), Weltbestseller, in 25 Sprachen übersetzt, fünfmal verfilmt.

58 *An Ida Kästner (26., 28. u. 31. 1., 1., 7., 9., 12. 2. 1932)*
Hahnenkamm: Die erste Hahnenkammbahn – eine Seilschwebebahn – wurde 1929 eröffnet. Sie führte von der 786 m hoch gelegenen Kitzbüheler Talstation zur 1658 m hoch gelegenen Bergstation auf dem Hahnenkamm. Die berühmteste Skiabfahrt vom Hahnenkamm ist die Streif (Kandaharrennen). Seit 1996 gibt es eine neue Hahnenkammbahn.
Moritz: eine Freundin Kästners (etwa 1928/29 bis Frühjahr 1932), versuchte sich als Schauspielerin und im Kabarett.

62 *Maskenball im Hochgebirge*
Ein Mann gibt Auskunft, I, S. 132 f.

»Bruckbeuren« – Drei Männer im Schnee
Bruckbeuren: Im Manuskript stand zunächst »Kitzbühel«, das dann gestrichen und vorübergehend durch »Kreuzkirchen « ersetzt wurde.

64 *Drei Männer im Schnee*
Das Wintersporthotel. *Drei Männer im Schnee*, Kap. 5 (Auszug), IV, S. 37–41
Missverständnisse. *Drei Männer im Schnee*, Kap. 6 (Auszug), IV, S. 44, 48–55, und Kap. 7 (Auszug), S. 62 f.
Der Schneemann Kasimir. *Drei Männer im Schnee*, Kap. 8 (Auszug), IV, S. 67 f., 74–77.
Drei Männer im Schnee. *Drei Männer im Schnee*, Kap. 9 (Auszug), IV, S. 79–84.
Eisbahn und Sonnenterrasse. *Drei Männer im Schnee*, Kap. 10 (Auszug), IV, S. 88 f., und Kap. 11 (Auszug), IV, S. 95–99.

Der Lumpenball. *Drei Männer im Schnee,* Kap. 12 (Auszug), IV, S. 102–105, 108 f.
Apache: Großstadtganove, s. Anm. zu *Der letzte Mohikaner,* S. 192
Kasimir schwindet. *Drei Männer im Schnee,* Kap. 13 (Auszug), IV, S. 112 f.

110 *Wintersport*
Nachlese zur Nachlese, I, S. 330 f. Erstdruck: *Montag Morgen,* 28. 1. 1929, S. 12.
Seal: Pelz aus dem Fell der Bärenrobbe.
Feh: Pelz aus dem Fell des russisch-sibirischen Eichhörnchens.

Garmisch-Partenkirchen: Wintersport

112 *An Ida Kästner (14.–19., 23. 1. 1935)*
Saarübertragung: Durch das Saarstatut des Versailler Vertrags wurden die südlichen Teile der Rheinprovinz und die westlichen Teile der bayerischen Pfalz auf 15 Jahre (ab 10. 1. 1920) einer Völkerbundsregierung unterstellt und das Eigentum an den Kohlegruben und deren alleinige Ausbeutung Frankreich zugesprochen. 1935 kam dieses Saargebiet nach einer Volksabstimmung an das Deutsche Reich zurück (13. 1. 1935, 90,5 % stimmten für Deutschland).
Kreuzeck: 1652 m, Vorberg des Wettersteingebirges, Aufstieg von Garmisch (700 m) in 3 ½ Std. oder Fahrt mit der Zugspitzbahn zur Haltestelle Kreuzeckbahn (769 m), dort Umstieg in die 1926 erbaute Seilschwebebahn und nach 8 Min. Fahrt Ankunft in der Bergstation beim Kreuzeckhaus (Adolf-Zoeppritz-Haus). Lt. Baedeker 1942 »ganzjährige Wirtschaft«, »Liegestühle«, »Herrliche Aussicht, besonders schön auf die nahe Alpspitze … Ausgezeichnetes Skigelände für Geübte«.
Reichsminister Heß: Rudolf Heß (1894–1987), Hitlers Privatsekretär, seit 1933 »Stellvertreter des Führers« und Reichsminister. Flog am 10. 5. 1941 nach Schottland, um auf eigene Faust einen Friedensschluss mit Großbritannien anzubahnen. Bis Kriegsende interniert. Im Nürnberger Prozess zu lebenslänglicher Haft verurteilt.
Kästners Mitteilung – per Postkarte – über die Begegnung mit Heß und der Satz »Ich finde es sehr schön hier« waren nicht nur für seine Mutter, sondern ebenso für die mitlesende Gestapo bestimmt.
Wank, Wankbahn: Auf den Wank

(1780 m), nordöstlich von Partenkirchen, führt die 1928/29 erbaute Seilschwebebahn, die bei einer Länge von 2670 m einen Höhenunterschied von 1020 m überwindet. Vom Gipfel aus (Wankhaus/Alois-Huber-Haus) hat man einen sehr schönen Blick auf das Garmisch-Partenkirchener Talbecken und dessen eindrucksvolle Gebirgsumrahmung, vor allem das Wettersteingebirge mit der Zugspitze.

115 *Zwei Schüler sind verschwunden*
Das Schwein beim Friseur, VIII, S. 365–384.
Olympia-Kunsteisstadion: 1934 von Hanns Ostler erbaut, mit gedeckter Haupttribüne für 4000 Zuschauer.
Bobrennen: Olympia-Bobbahn beim Rießersee, 1,6 km Länge, 134 m Gefälle.
Skispringen: Große und Kleine Olympiaschanze im Olympia-Skistadion am Gudiberg.

Davos – Schneezauberei und Maskerade

Davos: Im Fragebogen des amerikanischen Military Government, Mayrhofen, Juli 1945, gibt Kästner an, der Verkehrsverein Davos habe ihn 1936 zu einem Aufenthalt eingeladen. Zweck der Reise: ein Romanprojekt. Da Kästner 1944 in Berlin ausgebombt worden war und damit fast sein gesamtes Archiv verloren hatte, besaß er nach Kriegsende keine Unterlagen mehr, die diese Datierung hätten korrigieren können. Aus den wenigen erhaltenen Briefen an seine Mutter um die Jahreswende 1937/38 ergibt sich jedoch, dass Kästner erst im Februar 1938 nach Davos gereist ist. Belegt ist der Aufenthalt durch mehrere Fotos, die Kästner als Briefkarten an seine Mutter geschickt hat. Damit ist auch der Beginn der Arbeit am *Zauberlehrling* auf 1938 (statt 1936) anzusetzen.

140 *An Ida Kästner – Reisevorbereitungen und Grüße aus Davos (13. 12. 1937, 4., 8., 12., 14., 21. 1., 15., 22. 2. 1938).*
Die Nachrichten aus Davos (15. u. 22. 2. 1938) befinden sich im Nachlass Enderle, die übrigen Schreiben im Nachlass Kästner im DLA.
Sils Maria: Im Juli 1932 verbrachte Kästner dort einen etwa zweiwöchigen Sommerurlaub.
Luis Trenker: 1892–1990, Südtiroler,

ursprünglich Architekt, berühmt als Regisseur von Bergfilmen, in denen er oft auch die Hauptrolle spielte (u. a. *Berge in Flammen* 1931, *Der Rebell* 1932, *Der Berg ruft* 1938). Von Hitler hochgeschätzt, versuchte jedoch, sich eine gewisse Unabhängigkeit zu bewahren. Fiel 1940 bei den Nazis vorübergehend in Ungnade, weil er erst nach monatelangem Zögern für eine Umsiedlung ins Deutsche Reich anstatt für das Dableiben und die Italianisierung optiert hatte (Berliner Umsiedlungsabkommen zwischen Hitler und Mussolini, Oktober 1939).

Ehepaar Kern: Walter Kern (1898–1966), damals Verkehrsdirektor in Davos. Auf seine Einladung hielt Kästner 1938 einen Vortrag und begann einen heiteren Roman über Davos *(Der Zauberlehrling)*, der jedoch Fragment blieb. Im März 1941 war Kern für ein paar Tage mit der Eishockeymannschaft in Berlin (*Das Blaue Buch*, S. 41, 323).

Verleger: Kurt L. Maschler. Maschler hatte 1933 den Verlag Williams & Co. übernommen, in dem Kästners Kinderbücher erschienen, und 1935 den Atrium Verlag – als Verlag für in Deutschland verbotene Bücher – in der Schweiz gegründet, leitete den Verlag aber noch bis November 1937 von Berlin, danach von Wien aus. Nach dem Anschluss Österreichs im März 1938 ging er nach Amsterdam, bevor er sich schließlich im Juni 1939 endgültig in London niederließ.

Salzburg-Buch: Georg und die Zwischenfälle, Atrium Verlag, Basel, Mährisch-Ostrau 1938. Neuauflage 1949 unter dem schon bei der Verfilmung 1943 verwendeten Titel *Der kleine Grenzverkehr.* Um 1937 – also vor dem »Anschluss« Österreichs – für dieses Buchprojekt recherchieren zu können, hatte Kästner ebenso wie sein Romanheld täglich zwischen Bad Reichenhall und Salzburg pendeln müssen (20. 8.–9. 9. 1937).

Walter T.: Walter Trier, der die Illustrationen zu dem Salzburg-Buch verfertigte.

Chevalier: Maurice Chevalier (1888–1972), Schauspieler und Chansonnier. Im *Zauberlehrling* beschreibt Kästner Chevaliers Auftritt im Grandhotel Belvedere: »Im Grandhotel Belvedere fand, zugunsten eines Wohltätigkeitsfonds, ein Galaball statt. (…)

Maurice Chevalier, der berühmte französische Schauspieler, der seit Wochen im Grandhotel wohnte,

hatte sich bereit erklärt, den Abend durch den Vortrag einiger seiner Pariser Chansons zu beleben. Und er entledigte sich dieser Aufgabe mit all dem übermütig frechen und verschmitzten Charme, der ihm zur Beliebtheit in der Welt und zu einem stattlichen Besitztum in Cannes verholfen hatte.
Da der Künstler sein ständiges Requisit, seinen Strohhut, begreiflicherweise nicht in den Alpenwinter mitgebracht hatte, bediente er sich, nachdem er reizend auf die erforderliche Umbesetzung hingewiesen hatte, eines grünen Tirolerhütchens. Die für ihn ungewöhnliche Kopfbedeckung tat der Wirkung seines Vortrags im übrigen nicht den geringsten Abbruch.« (III, S. 264)

143 *Der Zauberlehrling*
Der Zauberkünstler. *Der Zauberlehrling*, 2. Kap. (Auszug), III, S. 242–246.
Ein rätselhaftes Plakat. *Der Zauberlehrling*, 3. Kap. (Auszug), III, S. 249–255.
Grandhotel Belvedere: gegründet 1846, wurde von 1934–1980 von Anton Morosani geführt. Morosani brachte alle großen Stars der 30er Jahre nach Davos und machte das Hotel damit berühmt. (Steigenberger Belvédère, *Hotelgeschichte*).
Hotel Victoria. *Der Zauberlehrling*, 4. Kap. (Auszug), III, S. 257–261.
Hotel Victoria: Der Service in diesem Haus war englischsprachig.
Die englischen Gäste (…) warfen mit spitzen Metallbolzen: Dartspiel
Auf der Schatzalp. *Der Zauberlehrling*, 6. Kap. (Auszug) III, S. 272–275, 276–281, 283.
Parsennbahn: erbaut 1931, führt von der Talstation (1557 m) in Davos-Dorf über die Station Höhenweg (2219 m) auf das Weißfluhjoch (2663 m). Kann als Standseilbahn wesentlich mehr Personen transportieren als die Seilschwebebahnen, deren Gondeln damals höchstens 25 Personen fassten. (In die Gondeln der Hahnenkammbahn passten sogar nur 15 Personen.)
Schatzalp: Der Aufstieg von Davos-Platz (1559 m) auf die Schatzalp (1861 m) dauert ca. 1 Stunde. Der Weg führt durch den Rütiwald. Oberhalb der Schatzalp, auf 1980 m, liegt die Strela-Alp.

Kriegsende im Schnee
171 *An Ida Kästner 1945 aus Berlin (4., 10., 11. 1. 1945)*

Babelsberg: Kästner und Luiselotte Enderle hatten dort bei Freunden einen Teil ihrer geretteten Habe eingelagert.
Die näher rückenden Kriegsfronten und der Angriff auf Dresden erschwerten den Briefwechsel zwischen Mutter und Sohn Kästner erheblich. Die letzte erhaltene Karte aus Berlin ist datiert 7.3.1945.

172 *Nach Mayrhofen*
Notabene 45, VI, S. 345–349 (Nachtrag 22.3.1945)
Lotte: Luiselotte Enderle (1908–1991), Journalistin und Schriftstellerin, seit etwa 1939 mit Kästner liiert. Nachdem Kästner 1944 ausgebombt worden war, wohnte er mit ihr zusammen. 1933–43 war sie Chefredakteurin der Zeitschrift *Hella* gewesen, von 1943–45 arbeitete sie als Dramaturgin bei der Ufa.
Eberhard: Eberhard Schmidt (1908–?), zu der Zeit Ufa-Produktionschef. Schmidt war Herstellungsleiter bei den Filmen *Münchhausen* und *Der kleine Grenzverkehr* (1943). Schmidt gab auch den Produktionsleiter für den fiktiven Film, der in Mayrhofen gedreht wurde; Titel: *Das verlorene Gesicht,* Regisseur: Harald Braun, Drehbuch: Kästner und Herbert Witt, Hauptdarsteller: Hannelore Schroth und Ulrich Haupt. Gedreht wurde mit leeren Kameras.
Staatsrat Hans Hinkel: 1901–1960, seit 1933 Staatskommissar im preußischen Ministerium für Wissenschaft, Kunst und Volksbildung; 1944 Leiter der Filmabteilung und zugleich Reichsfilmintendant.
Gutshof der Familie Weiß in P.: Zitzstaudenhof bei Olching, der von dem Ehepaar Blau bewirtschaftet wurde, s. *Das Blaue Buch,* S. 107, 343. Als Kästner seine stenographischen Notizen im *Blauen Buch* zu *Notabene 45* umarbeitete, camouflierte er aus verschiedenen Gründen einige Personennamen und Ortsangaben.

177 *Maischnee und Kriegsende*
Das Blaue Buch, S. 126f., 134f., 138f.
Die folgenden Anmerkungen stützen sich auf die von Silke Becker und Ulrich von Bülow verfassten Anmerkungen zu diesen Seiten.
Himmler: Am 30.4.45 verhandelte SS-Brigadeführer Walter Schellenberg mit Graf Bernadotte, dem Vizepräsidenten des Schwedischen Roten Kreuzes. Himmler selbst war

wenige Tage zuvor noch von Hitler aus der Partei ausgeschlossen worden, weil er in der Nacht vom 23. auf den 24.4. Bernadotte angeboten hatte, an der Westfront zu kapitulieren.
Göring soll ...: Göring hatte angeboten, Hitlers Nachfolge anzutreten. Daraufhin wurde er am 24.4. verhaftet und in Schloss Mauterndorf in Österreich unter Hausarrest gestellt. Am 7.5. geriet er in amerikanische Gefangenschaft. Im Nürnberger Prozess zum Tode verurteilt.
Hitler ... »gefallen«: Von Dönitz verkündete Falschmeldung. Hitler hatte sich am 30.4. im Bunker der Reichskanzlei in Berlin erschossen.
Dönitz: Karl Dönitz (1891–1980), seit 1945 Oberbefehlshaber der Kriegsmarine und Großadmiral. Als Chef der »Geschäftsführenden Regierung« richtete er am 2.5. einen Aufruf an das Heer.
Wlassow-Russen: Am 4. und 5.5. verhandelte die Südgruppe der Wlassow-Armee mit Vertretern der anglo-amerikanischen Streitkräfte. Die Wlassow-Armee war eine Freiwilligenarmee aus sowjetischen Kriegsgefangenen, die Generalleutnant Andrej Wlassow nach seiner Gefangennahme 1942 aufgebaut hatte und deren Ziel der Sturz des Bolschewismus war.
heliotrop[isch]: phototropisch, lichtwendig; Krümmung von Pflanzenteilen infolge einseitigen oder veränderten Lichteinfalls, zum Sonnenlicht hin wachsend.
Sender Flensburg: der letzte noch in Betrieb befindliche Sender der Reichsregierung.
Jodl: Alfred Jodl, Chef des Wehrmachtsführungsstabs im Oberkommando der Wehrmacht; seit 1942 Leitung sämtlicher Operationen gegen die Westalliierten. Im Nürnberger Prozess 1945 zum Tode verurteilt.
Leichen von Goebbels: Goebbels vergiftete am 1.5. seine sechs Kinder, dann seine Frau Magda und zum Schluss sich selbst.

Winter und Winterabschied

182 *Der Januar*
183 *Der Februar*
185 *Der März*

Die dreizehn Monate, I, S. 301–304.

187 *Der Lenz verschiebt seine Premiere*

Nachlese, I, S. 260. Erstdruck: Dresdner Neueste Nachrichten, 26.4.1932, S. 2.

Unter der Überschrift *Nachlese* versammelte Kästner in der noch von ihm selbst betreuten achtbändigen Ausgabe *Gesammelte Schriften für Erwachsene* (Droemer Knaur, München/Zürich 1969) Verse aus seinen Auswahlbänden *Doktor Erich Kästners Lyrische Hausapotheke* und *Bei Durchsicht meiner Bücher* sowie bis dahin verstreute Gedichte.

Bildnachweis

Atrium Verlag: 25
Deutsches Literaturarchiv, Marbach am Neckar: 42, 49, 60, 96, 114, 124,
Fotoarchiv Erich Kästner, RA Beisler: 53, 86, 141, 179
Sylvia List: 65, 161
Peter Ohser: Nutzungsrechte Stadtarchiv Leipzig 39

Danksagung

Mein erster Dank gilt Johan Zonneveld, der mich auf entlegene Texte hingewiesen, mir deren Vorlagen verschafft und mich in Fragen der Bebilderung, Bibliographie und Datierung beraten hat. Weiter danke ich den Mitarbeitern und Mitarbeiterinnen des Deutschen Literaturarchivs in Marbach, insbesondere Silke Becker, für ihre unkomplizierte Hilfe bei der Durchsicht des Nachlasses Kästner sowie Therese Thaler und ihren Mitarbeitern vom Alpengasthof Stanglalm, die mich auf Kästners Irrtum hingewiesen und das Liegestuhl-Foto geographisch richtig zugeordnet haben. Und schließlich danke ich Peter Beisler, der den Nachlass von Luiselotte Enderle und damit das Fotoarchiv verwaltet und Erich Kästners Begeisterung für Hochgebirge, Schnee und Wintersonne teilt und mitteilt.

Erich Kästner, 1899 in Dresden geboren, begründete 1928 gleich mit seinen ersten beiden Büchern seinen Weltruhm: *Emil und die Detektive* und *Herz auf Taille.* Nach der Machtübernahme der Nationalsozialisten wurden seine Bücher verbrannt, er erhielt Publikationsverbot, seine Bücher erschienen nunmehr in der Schweiz beim Atrium Verlag. Für seine Werke erhielt er zahlreiche literarische Auszeichnungen, u. a. den Georg-Büchner-Preis. Erich Kästner starb 1974 in München.

Sylvia List hat Slawistik und Osteuropäische Geschichte studiert, als Lektorin gearbeitet und ist heute freie Übersetzerin und Herausgeberin, u. a. von *Das große Erich Kästner Buch.* Sie lebt in München.

Erich Kästner im dtv

Doktor Erich Kästners Lyrische Hausapotheke
ISBN 978-3-423-11001-3

Herz auf Taille
Gedichte
Illustr. v. Erich Ohser
ISBN 978-3-423-11003-7

Lärm im Spiegel
Gedichte
Illustr. v. Rudolf Grossmann
ISBN 978-3-423-11004-4

Fabian
ISBN 978-3-423-11006-8

Gesang zwischen den Stühlen
Gedichte
Illustr. v. Erich Ohser
ISBN 978-3-423-11007-5

Drei Männer im Schnee
ISBN 978-3-423-11008-2
und dtv großdruck
ISBN 978-3-423-25258-4

Die verschwundene Miniatur
ISBN 978-3-423-11009-9

Der kleine Grenzverkehr
ISBN 978-3-423-11010-5

Der tägliche Kram
Chansons und Prosa
ISBN 978-3-423-11011-2

Die kleine Freiheit
Chansons und Prosa
ISBN 978-3-423-11012-9

Kurz und bündig
Epigramme
ISBN 978-3-423-11013-6

Die 13 Monate
Gedichte
Illustr. v. Celestino Piatti
ISBN 978-3-423-11014-3

Die Schule der Diktatoren
Illustr. v. Chaval
ISBN 978-3-423-11015-0

Erich Kästner im dtv

Notabene 45
Ein Tagebuch
ISBN 978-3-423-11016-7

Das große Erich Kästner Lesebuch.
Hg. v. Sylvia List
ISBN 978-3-423-12618-2

Als ich ein kleiner Junge war
ISBN 978-3-423-13086-8

Ein Dichter gibt Auskunft
121 Gedichte
Ausgewählt und mit einem Essay von Marcel Reich-Ranicki
ISBN 978-3-423-13475-0

Ein Mann gibt Auskunft
ISBN 978-3-423-13641-9

Wird's besser? Wird's schlimmer?
Gebrauchstexte für (fast) jeden Anlass
Hg. v. Renate Reichstein
ISBN 978-3-423-14050-8

Sachliche Romanzen
Gedichte über Liebe und andere unvermeidliche Dinge
Hg. v. Renate Reichstein
ISBN 978-3-423-14134-5

Meine Mutter zu Wasser und zu Lande
Geschichten, Gedichte, Briefe
Hg. v. Sylvia List
ISBN 978-3-423-14219-9

Werke in neun Bänden
Hg. v. Franz Josef Görtz
ISBN 978-3-423-59066-2